Réservé à un public adulte et averti

1

Hivers

Mentions légales
La Baronne - Hivers, Vince Do

Couverture et mise en page : Vince Do / Liza
Source image : Vince Do / Liza
Crédit photo : Vince Do / Liza
Code ISBN : 9798667132547
Marque éditoriale : Independently published

Dépôt légal : Novembre 2020

La Baronne
Tome 5

Hivers

par
Vince Do

Voyages

Béatrix était montée sur son cheval, Roland se tenait à ses côtés, montant le percheron qu'il affectionnait.

Quelques gardes suivaient, Béatrix avait tenu à ce qu'Amaury fasse partie du voyage, elle ne savait pas si elle le regretterait ou non, mais elle avait apprécié sa jeunesse et sa pureté. Elle espérait qu'elle pourrait aussi profiter de sa queue pendant ce voyage qui n'était pas des plus courts et serait certainement difficile.

Elle avait laissé le domaine aux bons soins de Margaux et Morgane, elle savait pourtant que Marie gérerait tout ce qui concernait le quotidien et surtout qu'Aubin arriverait rapidement pour prendre en mains tout cela.

Elle se doutait que Morgane et Margaux lui en voudraient certainement, sûrement plus Morgane que Margaux !

Et pourtant, elle ne pouvait partir en leur avouant tout ce qu'elle avait prévu et planifié pour elles trois.

La petite troupe passa la herse du domaine et s'engagea sur les chemins qui mènerait la Baronne et les siens vers le pays de Gunnveig.

Elle avait hâte de la revoir, hâte de voir cet enfant qu'elle avait mis au monde. Elle n'avait eu aucune nouvelle depuis qu'elle avait accouché et elle espérait que tout se soit bien passé. Si cela n'avait pas été le cas, elle était certaine qu'elle en aurait été informée.

La petite troupe s'était éloignée du domaine. Les chevaux avaient parcouru de longues lieues et Roland, tel le chef qu'il était devenu depuis quelques temps, avait repéré un endroit pour bivouaquer et n'avait pas laissé d'autre choix à tout le monde que de poser pied à terre et de s'installer pour la nuit.

« L'auberge d'Oron » était certes sobre mais ne manquait pas de charme. Béatrix s'étonna de ne pas la connaitre, elle était encore sur ses terres, mais elle devait se l'avouer, dans une région qu'elle n'avait que rarement foulée. Les frontières nordiques du domaine n'étaient plus très loin, et le lendemain, elle ne chevaucherait plus chez elle. Elle n'était ni en bons, ni en mauvais termes avec son voisin. Ils se respectaient et chacun gardait les frontières de son domaine, sans chercher querelle à l'autre. De toute manière, elle savait qu'elle avait l'appui de son Suzerain et que si quelque chose de fâcheux venait à se produire, elle pourrait compter sur lui pour remettre le belligérant sur le droit chemin.

La Baronne et ses hommes avaient pris leur repas, la gastronomie de l'auberge n'était pas ce qui devait attirer les voyageurs. C'était certainement plus le vin qui semblait couler à flot et les quelques filles qui finissaient sur les genoux des voyageurs.
Toute la troupe était encore installée à une grande table dans le fond de la salle, Béatrix ayant choisi une place qui lui permette d'observer tout ce qui pouvait se passer. Roland en avait choisi une qui lui permettait de veiller sur sa Maîtresse, sans attirer les soupçons.
Roland avait négocié lorsqu'il était entré dans l'auberge, une chambre pour Béatrix, une autre pour lui, et le reste de la troupe dormirait dans un dortoir.

La serveuse venait de débarrasser les écuelles en bois et avait remplis les godets de vin lorsque Béatrix croisa le regard vert d'une jeune femme rousse qui descendait un escalier qui, d'après elle, menait vers certaines chambres ou dortoirs.

La Baronne resta quelques minutes à fixer ce regard qui semblait ne pas la lâcher non plus, avant que sa propriétaire ne se retourne, prise par la main par un voyageur qui la fit s'assoir sur ses genoux. Elle le regarda poser deux pièces qui semblaient être d'argent sur la table et commencer à discuter avec la rousse.

Béatrix se tourna vers le bout de la table

— Amaury !
— Oui, Madame ?
— Viens ici, j'ai une mission pour toi.

La moitié de la troupe sembla pouffer en silence, imaginant que le jeune puceau n'aurait pas les couilles de relever la mission de la Baronne et qu'il se ferait corriger comme il fallait.

— Que voulez-vous, Madame ?

Béatrix l'attrapa par le bras et le fit se baisser pour pouvoir lui chuchoter quelques mots à l'oreille.

Elle le laissa se redresser une fois qu'elle eut finit de lui parler, fouilla dans une poche intérieure de son manteau, et glissa ce qu'elle en ressortit dans la main du jeune homme.

— Vas-y ! Et ne me déçois pas !

Amaury referma la main, quitta son espace de sécurité et se dirigea vers la table du voyageur qui avait profité de ce temps là pour placer la jeune femme sur ses genoux et avait laissé ses mains se promener sur sa poitrine.

Béatrix ne put entendre ce qu'il dit, le brouhaha du reste de la salle l'en empêchant, mais elle vit le regard du voyageur changer lorsqu'Amaury posa le médaillon qu'elle lui avait donné sur la table.

Il sembla y avoir un moment de flottement, jusqu'à ce qu'elle vît Amaury déposer les pièces d'argent sur la table.

Elle ne savait pas ce qu'il avait pu dire, mais sût que la conclusion était bonne lorsque le voyageur tourna la tête vers elle et l'inclina en signe de remerciement. Elle vit ses mains se détacher de la jeune fille et celle-ci se leva pour suivre Amaury vers la table de la troupe de la Baronne.

Avant qu'ils ne soient revenus à la table, Béatrix avait pris ses dispositions.

— Roland !

— Oui, Madame ?

— Vas faire coucher les hommes, nous avons une longue route demain et je ne veux pas que l'on m'y retrouve en petits morceaux.

— Il faudra d'abord que l'on m'y mette pour que cela arrive, Madame !

— Roland !

— Oui, Madame.

Il se leva alors qu'Amaury était à quelques pas de la table, suivi de la jeune femme.

— Vous avez entendu ? Non ! Alors je vais être clair ! Au lit ! Réveil à 5h30 demain matin et tout le monde en forme ! Si l'un de vous ne l'est pas, il ne finira pas le voyage !

Toute la troupe grommela mais se leva, prit les sacs et besaces, armes et accessoires restés dans le coin de la pièce et partit se coucher.

Roland allait les suivre.

— Reste ! On ne sait jamais, j'ai besoin de quelqu'un près de moi, et ce n'est pas Amaury qui saura me protéger.

— Comme vous voulez, Madame, mais…

— Mais ?

— Mais rien, Madame.

— Allez Roland, dis-moi ce qui te traquasse.

— Je n'ai pas envie qu'il vous arrive quelque chose dans votre chambre, Madame.

— Roland ?

— Oui, Madame ?

—Tu sais très bien qu'il ne pourra rien m'arriver puisque tu seras là.

Roland ne dit rien, Amaury était de l'autre côté de la table, la jeune femme juste derrière lui.

— Madame ?

— Oui, Amaury ?

— Puis-je vous présenter Brynja que vous m'avez envoyé quêter ?

— Bien sûr que tu peux, mais elle peut sûrement le faire elle-même, non ?

La jeune femme se décala de quelques pas, afin d'être visible de Béatrix.

— Je vous servirai comme vous en avez envie, Madame.

— Je ne pense pas que tu as conscience de ce que tu viens de dire.

Brynja baissa les yeux, essayant de réfléchir à la portée de ses paroles. Elle avait l'habitude de se jouer des voyageurs qui passaient à l'auberge, certains s'écroulaient sur la table après quelques verres de vin, d'autres étaient un peu plus résistants et réussissaient à gravir les marches qui menaient aux chambres et s'écroulaient au sol une fois la porte du paradis franchie. Elle était certainement capable de compter sur ses deux mains les fois où elle avait dû écarter les jambes après avoir récolté quelques pièces à table.
Lorsqu'elle releva la tête, Béatrix la regardait fixement, Amaury s'était détaché d'elle et s'était assis en face de la Baronne.
Du regard, elle l'invita à venir s'assoir à côté d'elle.
Brynja se laissa aller et contourna le pan de la table, passa du coté de Béatrix et se posa sur la chaise à côté de la Baronne.

— Maintenant que tu es là, tu ne vas pas te sauver ?

— Je ne vois pas pourquoi je le ferais.

— Peut-être par peur de moi ?

— Vous n'êtes pas effrayante et me faîte moins peur que certains voyageurs

— Tu ne devrais pas te fier aux apparences, je peux être pire que beaucoup ici, que bon nombre que tu as rencontré.

Béatrix marqua un temps d'arrêt, regarda Brynja au fond des yeux.

— Mais rassures-toi, ce n'est pas mon envie ce soir.

Brynja sauta sur l'occasion.

— Et qu'est-ce qui vous ferait plaisir ce soir ?
— Toi !
— Moi ? Mais…
— Mais ?
— Mais je suis une femme.
— Et ? Tu préfères les hommes ?

La jeune femme ne répondit pas, marqua un temps d'arrêt.
La salle était quasiment vide, une fois la troupe de la Baronne
partie, bon nombre de voyageurs avait déserté avec eux.
Il n'en restait que quelques-uns qui semblaient occupés avec
les autres filles de l'auberge.
Brynja se laissa aller puis reprit son impétuosité.

— Donc vous avez envie d'essayer avec une femme ?

Béatrix éclata de rire.

— Essayer ? Je ne pense pas que ce soit le bon mot.

La jeune rousse lui lança un large sourire auquel Béatrix
répondit.
Elle se retourna vers Roland qui semblait toujours absorbé
par sa chope de bière, même si elle savait très bien qu'il ne
perdait rien de la scène qui se jouait près de lui.
Béatrix posa sa main sur la cuisse de Brynja et de ses doigts fit
remonter le pan de sa robe pour pouvoir caresser sa peau
mise à nue.

La jeune femme ne bougea pas d'un sourcil, se laissant faire, comme elle en avait l'habitude.

— Combien de clients reste-t-il encore ici ? Je ne parle pas de ceux qui sont partis dormir.

— Je ne sais pas, Madame, six ou sept, à première vue.

— Et qu'attendent-ils pour aller se coucher ?

— Je ne sais pas, Madame, sûrement de savoir s'ils pourront passer quelques instants avec les filles qui sont avec eux pour certains, pour les autres, certainement de finir leur chope de bière.

Béatrix fouilla de nouveau dans une poche de son manteau, en sortit une bourse qu'elle tendit à Amaury.

— Passe vers tous les voyageurs restants et dis leur qu'il faut aller se coucher. S'il le faut tu peux leur payer les instants avec les filles dont ils ont envie, tu as carte blanche pour la gestion de cette bourse. Mais lorsque tu reviendras, je veux que la salle soit vide, qu'il n'y ait plus que nous à cet étage, c'est bien compris ? Tu as maximum cinq minutes pour cela.

— Bien, Madame.

Roland sourit en buvant sa chope de bière, cela n'avait pas échappé à Béatrix. Ce n'était pas la première fois qu'elle agissait ainsi et Roland connaissait l'issue de la soirée, sauf si elle changeait d'avis au dernier moment, ce qui n'était pas exclu.

Amaury s'était empressé de partir, bavardant et argumentant de table en table, parfois, laissant quelques pièces rouler sur la table jusque dans la besace du voyageur.

Amaury revint à la table de la Baronne avant les cinq minutes imparties, la salle derrière lui était vide.

— Voilà, Madame, vos ordres ont été exécutés.

Il lui tendit la bourse qu'elle lui avait prêtée et elle la reprit alors qu'il s'asseyait en face d'elle.

Béatrix posa la bourse sur la table devant Brynja.

— Tu n'as plus d'autre choix, je pense désormais ?
— J'ai toujours le choix de partir, Madame.
— Et en as-tu vraiment l'envie ?
— De moins en moins, Madame.
— Alors, déshabille-toi et monte sur la table.

Brynja eut quelques secondes de réflexion, se leva.

— Et si je ne le fais pas ?
— Et bien, tu peux dire adieu à cette bourse, et à ce que tu pourrais avoir de plus. Mais c'est ton choix, je ne vais pas te contredire là-dessus.

Brynja fit semblant de réfléchir quelques secondes, jeta un regard sur la salle qui s'était entièrement vidée.

Elle défit les boutons de son chemisier, le laissa glisser par terre, dévoilant sa poitrine qui se tenait fermement. Deux jolis seins ni trop gros, ni trop petits, des mamelons dont les pointes se dressèrent sous l'absence de tissu.

Béatrix l'observait sans rien dire, Amaury n'en perdait pas une miette non plus, quant à Roland, il semblait toujours absorbé par sa bière, même s'il aurait pu décrire en détail cette poitrine si l'on le lui avait demandé.

C'était Roland, fidèle à lui-même dans ces situations, il semblait absent et pourtant enregistrait le moindre détail dans sa mémoire.

Brynja défit les boutons de sa jupe et la laissa tomber à terre, elle ne portait plus qu'une paire de bas en laine qui remontait en haut sur ses cuisses. La Baronne l'observa et fut ravie de ne trouver aucune trace de poil entre ses cuisses. Elle lui sourit et Brynja prit cela comme une invitation à continuer. Elle allait faire glisser ses bas, lorsque Béatrix l'interrompit.

— Tu peux les garder.

— Bien, Madame. Et maintenant ?

— Je pensais t'avoir demandé de monter sur la table.

— Et comment voulez-vous que je m'y mette ?

— Si tu ne sais pas comment t'y placer, alors tu vas te mettre à quatre pattes, le cul tendu vers moi, les jambes légèrement écartées.

— Bien, Madame.

La jeune femme monta sur la table et se mit dans la position demandée.

Béatrix avait une vue sur ce petit cul et cette chatte qu'elle imaginait trempée, à l'idée de se montrer ainsi.

— Une jolie vue, mais qui peut sûrement l'être encore plus.

Brynja ne répondit rien, attendant de savoir ce que Béatrix souhaitait.

— Pose ta tête sur la table, cambre-toi bien et garde le cul bien haut, écarte un peu plus tes cuisses, ouvre-toi bien et glisse une main entre tes jambes et caresse toi pour moi.

Brynja s'exécuta et une fois en position commença à caresser sa petite chatte qu'elle sentait mouiller de plus en plus. Elle ne savait pas si c'était le fait d'obéir ainsi, de se retrouver dans cette position, offerte et à la vue de tous ceux qui pourraient venir ou si c'était simplement le fait de se caresser.

Béatrix s'était laissée glisser sur sa chaise et, les jambes écartées commençait à laisser ses doigts aller entre ses cuisses, par-dessus le tissu de sa robe, elle regardait alternativement Brynja dont la croupe ondulait au rythme des caresses de ses doigts et Amaury qui ne perdait pas une miette du spectacle. Elle imaginait sa queue qui devait être tendue dans ses braies et ne demandait qu'à en sortir pour être à l'aise.

— Allez Amaury, sors ta queue, cette petite salope a envie de sucer et la tienne lui conviendra parfaitement.

Le jeune homme n'hésita pas une seconde, il était tellement excité de voir cette femme obéir et se livrer à la Baronne. Il sortit sa queue et s'avança vers la bouche de la jeune rousse. Celle-ci prit directement la tige de chair entre ses lèvres et commença à la sucer.
Béatrix ne voyait pas bien la scène, mais l'imaginait très bien en regardant les expressions du jeune homme. Ses yeux se fermaient et s'ouvraient en cadence avec les sucions exercées sur sa queue.

Elle aimait voir ces expressions de plaisir sur les visages et se doutait que Brynja s'en donnait à cœur joie sur la queue du jeune homme, sa croupe qui ondulait et ses doigts qui frottaient son clitoris, qui fouillaient sa chatte confortaient la Baronne dans son avis.

Celle-ci avait retroussé sa robe et se caressait le clitoris, jambes largement ouvertes, profitant du spectacle.

Roland avait tourné la tête et s'était installé, chope de bière en main, pour profiter lui aussi du spectacle.

— Et si je n'ai plus rien à boire ? À qui vais-je m'adresser vu que notre serveuse est plus qu'occupée ?

Béatrix sourit à sa remarque et allait répondre lorsque Brynja s'interrompit et répondit à Roland.

— Il n'y a pas de soucis, le patron peut vous servir au bar.

Roland se leva et en passant derrière le fessier tendu, y donna une claque qui fit rougir la peau blanche et laissa échapper un gloussement de la bouche qui allait reprendre la queue tendue devant elle. Il revint quelques minutes plus tard, une chope pleine de bière et s'arrêta à côté d'Amaury, toujours en train de se faire sucer.

Il posa la chope sur la table après en avoir bu une longue rasade, défit son pantalon et sortit sa queue qu'il présenta à Brynja.

— Tu me la prête ? Que je profite aussi de cette salope ?

Amaury retira sa queue de la bouche et laissa Roland y glisser la sienne pendant qu'il se branlait à côté.

19

Brynja ne le laissa pas en reste puisqu'elle passa d'une queue à l'autre, les suçant alternativement.

Béatrix s'était levée de sa chaise et commençait à caresser le cul tendu devant elle, sa main gauche continuant entre ses cuisses de presser son bouton gonflé. Elle laissa ses doigts effleurer la petite rondelle tendue, descendit entre les lèvres et y enfonça directement un doigt qu'elle ressortit pour en enfiler deux.

— Une petite chatte bien ouverte et bien trempée. Je pense qu'il y a deux queues qui vont se faire un plaisir à la remplir.

— Si c'est votre plaisir, Madame.

Béatrix se pencha et laissa sa langue filer sur la raie ouverte jusqu'aux lèvres trempées. Elle l'enfila entre, léchant la mouille qui en coulait.

— Laisse-moi en profiter un peu avant, petite salope.

Brynja retira ses doigts et en profita pour branler la queue de Roland pendant qu'elle suçait celle d'Amaury. Elle écarta et tendit encore plus sa croupe pour que Béatrix ait un accès à ses orifices. Celle-ci passait sa langue, mouillait ses doigts entre les lèvres, les enfonçait entre, les retirait, léchait sa chatte, titillait son clitoris du bout de la langue, remontait sur son petit trou, y laissait glisser sa salive pour l'humidifier avant d'y enfoncer un doigt.

Brynja se crispa un peu lorsqu'elle sentit le doigt de la Baronne s'insinuer dans son cul mais se détendit très vite et essaya de s'ouvrir un maximum pour l'accueillir.

Béatrix commença à lui limer le cul, caressant son clito de son autre main, elle avait arrêté de se caresser et se concentrait sur le plaisir de la petite salope rousse. Elle savait qu'elle prendrait le sien plus tard, elle n'en doutait pas une seconde.

Brynja commençait à gémir de plus en plus fort sous les caresses de la Baronne, continuant à sucer tour à tour Amaury et Roland, elle alternait entre les deux queues qui voulaient rester entre ses lèvres. Elle suçait, branlait, remplissait sa bouche et ses mains de ces queues, de ces couilles qu'elle avait envie de vider. Elle en avait envie, envie de sentir tout ce jus se répandre sur elle, et pourtant elle se retenait, attendait les ordres de la Baronne.

Béatrix enfonça un deuxième doigt dans son cul, la fouilla, l'écarta, avant de les ressortir et de les lécher.

— Un bon petit goût de salope.
— Merci, Madame.

La jeune femme arriva à articuler entre deux coups de queue dans sa bouche.

— Alors qui veut profiter en premier de cette petite chatte trempée ?

Amaury ne réfléchit même pas et retira sa queue de l'étreinte des doigts de la jeune femme, fit le tour de la table et se présenta derrière la croupe tendue.

Béatrix regarda la queue tendue, la prit en main, la branla quelques instants avant de la guider vers la chatte ouverte. Amaury s'enfonça d'un seul coup, la remplissant entièrement sans se soucier du plaisir de celle qu'il était en train de baiser.

Il fit aller et venir sa queue dans cette chatte, de longs mouvements de va et vient. Béatrix caressait et pressait ses couilles, lui susurrant à l'oreille.

— Vas-y, ne te retient pas, elle est là pour ça, pour te vider les couilles ! Elle n'est bonne qu'à ça et tu le sais, juste un trou pour te vider et tu as envie de te vider les couilles, alors vas-y, ne te gêne pas, petit salop.

Amaury, accéléra le rythme, bousculant la croupe de la jeune femme à chaque fois qu'il venait taper au plus profond d'elle, lui laissant échapper des râles de plaisir qu'elle avait du mal à contenir en même temps qu'elle pompait la queue de Roland. Celui-ci avait toujours sa chope à la main et en buvait une rasade régulièrement. Il avait posé son autre main sur la tête devant lui et la plaquait pour qu'elle garde sa queue le plus enfoncée entre ses lèvres. Béatrix s'était remise à se caresser tout en massant les couilles d'Amaury qui ne résista pas très longtemps et se vida entièrement au fond de la chatte de Brynja.

Béatrix voulu en savoir plus sur le jeune homme et lorsqu'il retira sa queue encore pleine de sperme, n'hésita pas à lui demander.

— Tu ne vas pas la laisser comme ça ?

C'était quitte ou double, mais elle savait au fond d'elle qu'il obéirait et continuerait à la servir.

— Comment cela, Madame ?
— La chatte remplie de ton sperme !

— Ce n'est pas ce que vous souhaitiez qu'il arrive, Madame ?

— Si, mais maintenant il faut nettoyer.

— Et comment, Madame ?

— Lèche ! Comme un bon petit chien que tu es !

Amaury ne réfléchit même pas, il était subjugué par Béatrix, le ton qu'elle employait, et surtout ses doigts qui pressaient toujours ses couilles. Il se pencha et sortit la langue pour lécher la chatte de la jeune rousse, récupérant un mélange de mouille et de sperme qu'il avala, avec un léger dégoût pour la première léchée, puis s'habitua et y retourna, en redemandant presque lorsqu'il n'y eu plus rien à lécher.

Roland avait fait le tour de la table et attendait que le jeune homme finisse pour pouvoir profiter lui aussi de cette petite chatte accueillante.

— Ne t'inquiète pas, tu en auras encore lorsque je me serai vidé en elle !

Béatrix lui caressait les seins et s'était penchée vers son oreille.

— Tu es une bonne salope, une bonne chienne qui aime ça et qui aime faire plaisir.

— Oui, Madame, j'aime ça et surtout avec vous, Madame.

— Tu n'as rien vu encore avec moi, petite salope, la nuit n'est pas terminée, il faut que tu mérites la bourse que je t'ai laissée.

— Même sans la bourse, Madame, je terminerai la nuit avec vous.

Béatrix sourit et continua de malaxer les seins de Brynja, pinçant ses tétons tendus d'excitation.

Elle sentit, au mouvement de ses seins, que Roland la prenait, et commençait à la besogner.

Lui non plus n'avait pas pris de gant et s'était enfoncé directement entre les lèvres trempées, laissant échapper de la bouche de la jeune fille un petit cri de surprise, mêlé de plaisir et de douleur.

Elle se mit rapidement à râler sous les assauts de Roland, son corps vibrant sous les coups de queue.

Béatrix en profitait pour titiller ses mamelles à chaque coup et continuait de lui susurrer à l'oreille qu'elle n'était bonne qu'à se faire mettre et qu'elle ne pouvait servir qu'à vider des couilles.

Brynja gémissait et râlait de plus en plus fort, elle savait qu'elle allait jouir si Roland continuait de la baiser ainsi. Elle ne jouissait jamais avec ses clients, elle se l'était interdit, et pourtant là, elle ne pouvait se retenir.

Elle se laissa aller lorsqu'il s'enfonça un grand coup en elle en même temps que Béatrix pinçait ses tétons et tirait dessus.

Elle n'était plus qu'un trou qui jouissait, rien d'autre, elle perdait toute notion de son être, la Baronne avait raison, elle n'était bonne qu'à se faire mettre et c'est ce qu'elle faisait le mieux, c'est ce qui lui faisait le plus plaisir, et elle en voulait encore. Encore plus d'orgasmes, encore plus de plaisir, ces ondes qui parcouraient son corps, elle ne voulait pas que ça se termine.

Roland se retira, tourna la tête vers Amaury qui était resté en retrait mais n'avait pas raté un instant de ce qui venait de se passer sous ses yeux.

— Allez, vas-y, tu as aimé et tu ne peux pas la laisser ainsi non plus maintenant !

Le jeune homme chercha le regard de la Baronne qui lui fit comprendre que Roland avait raison et qu'il devait obéir.

Il s'avança, passa sa langue entre les lèvres de la jeune femme et commença à lécher le mélange de mouille et de sperme qui en coulait.

Roland regardait en finissant sa chope de bière et lorsqu'elle fut terminée, la posa sur la table et remonta son pantalon.

Il jeta un œil sur le reste de la pièce. Le barman était parti et il grogna en regardant sa chope vide.

— Si Madame le permet, je vais aller me coucher et laisser le petit chien finir son travail.

— Oui, vas-y, Roland. Nous partons tôt demain matin et tout le monde doit être prêt pour le départ.

— Merci, Madame.

Béatrix regarda partir Roland et se retourna vers Amaury qui était toujours en train de lécher.

— Ce n'est pas encore propre ?

— Je pense que si, Madame, mais je ne voulais pas vous décevoir.

— Dis plutôt que tu en profites !

— Oh, non ! Madame.

— Allez ! Ça suffit, file te coucher. Toi aussi, tu dois être en pleine forme demain matin.

Amaury remonta ses braies et suivi la voie que Roland avait prise quelques instants auparavant.

Béatrix attendit quelques secondes, profitant de ce moment pour caresser les fesses de la Brynja qui n'avait pas bougée.

— Bien, maintenant, nous allons pouvoir nous amuser.
— Si tel est votre souhait, Madame. Mais vous n'êtes pas fatiguée ?

Béatrix lui sourit avant de répondre.

— Je ne dors que très peu, rassures-toi.
— J'espère ne pas m'endormir alors, Madame.
— Je ne pense pas que ça t'arrive pour le moment.

La Baronne cessa ses caresses et fit le tour de la table, passa ses mains dans les longs cheveux et les tira pour que la jeune femme se redresse. Elle l'embrassa à pleine bouche, nouant sa langue avec la sienne, appuyant sa main sur sa nuque pour qu'elle reste collée à elle, puis recula et la relâcha quelque peu.

— Ramasse tes affaires et montre-moi ma chambre.
— Bien, Madame.

Brynja descendit de la table, récupéra ses vêtements et passa devant Béatrix.

— Si Madame veut bien me suivre.
— Allez, avance et tortille bien ton petit cul ! Tu mériterais de me montrer le chemin à quatre pattes, comme la bonne petite chienne que tu es.
— Est-ce votre désir, Madame ?

— Ce pourrait en être un oui.

Brynja n'hésita alors pas une seconde et se mit à quatre pattes, le cul tendu vers la Baronne et commença à avancer vers les escaliers.
Béatrix sourit intérieurement.

— Tu es certaine que tu es capable de me montrer ma chambre ainsi ?

Brynja tourna la tête vers la Baronne.

— J'en suis certaine, Madame.

Et elle commença à gravir les escaliers, ondulant du cul à chaque pas qu'elle faisait, chaque marche qu'elle gravissait.
Béatrix restait derrière elle, la regardait avancer et la suivait, s'adaptant à son rythme.
La jeune femme arriva sur le palier, tourna à droite et s'arrêta devant la première porte.

— Ce n'est pas le grand luxe, Madame, mais vous y serez au calme et au propre.
— Bien, alors ouvre cette porte comme le ferait toute bonne petite chienne.

Brynja appuya sur la poignée avec sa main, déverrouilla la porte et la poussa avant de pénétrer dans la chambre, toujours à quatre pattes.
Béatrix la suivit et entra à son tour.

La pièce était sombre, la seule source de lumière venait de la fenêtre qui laissait passer les lumières de l'extérieur de l'auberge. Le reflet des torches extérieures vacillait dans la pièce et donnait un effet lugubre.

— Ça ira pour une nuit ! Monte sur le lit.

Brynja posa les mains sur le bord du lit, puis ses genoux et resta ainsi sur le lit.

— Et tend bien ton cul, petite chienne !

Sans réfléchir, la jeune femme s'exécuta et tendit son cul en arrière, offert à la vue de tous ceux qui auraient pu être derrière elle. Seule Béatrix pouvait le voir et tout en faisant le tour de la pièce jetait un œil sur la croupe offerte et qui ne bougeait pas.
Elle revint près du lit, dégrafa sa robe et la laissa tomber par terre, s'accroupit pour la ramasser et la posa sur le dossier de la seule chaise de la chambre. Elle avait même été étonnée d'en trouver une. Le mobilier était sobre et se limitait au strict minimum.
Béatrix monta sur le lit et s'installa en face de Brynja, écartant largement les cuisses devant sa tête

— À ce que j'ai pu voir, tu es une bonne suceuse ! Mais es-tu aussi une bonne lécheuse ?

Brynja n'eut pas le temps de répondre, les mains de la Baronne lui prenant la tête et la coinçant entre ses cuisses.

La jeune femme sortit sa langue et commença à la passer au bord des lèvres de la Baronne, lui laissant échapper quelques murmures encourageants. Elle continua, la glissant entre, léchant l'entrée de sa chatte et se régalant de la mouille qui en coulait.

Béatrix la laissait faire, ses mains n'étaient là que pour la maintenir doucement, elle ne la guidait pas, ne la brusquait pas et la laissait opérer comme elle en avait envie. Elle voulait voir comment elle se débrouillait et si elle était aussi bonne avec les femmes qu'avec les hommes.

Brynja remonta vers le bouton gonflé sous sa langue et commença à le lécher. Elle le titilla doucement, donnant de petits coups de langue dessus avant d'appuyer un peu plus, de le pincer entre ses lèvres, d'essayer de l'aspirer comme elle l'aurait fait avec les queues qu'elle avait sucées auparavant.

Béatrix commençait à gémir sous les coups de langue, ce qui encourageait la jeune femme. Elle arrêta les succions et se remit à laper le clitoris de la Baronne comme une bonne petite chienne qu'elle était devenue ce soir.

Elle avait perdu toutes ses limites et ses barrières qui lui interdisaient de prendre du plaisir avec les clients de l'auberge. Elle avait joui avec Roland et Amaury, elle se doutait qu'elle jouirait encore avec Béatrix, et ce n'était pas les orgasmes qu'elle avait lorsqu'elle était culbutée par les voisins dans les bottes de pailles, c'était plus fort, ils avaient été plus intenses. Elle ne savait pas encore pourquoi, elle n'avait pas eu le temps d'y réfléchir, trop concentrée sur le plaisir qu'elle prenait et celui qu'elle pouvait donner. C'était peut-être ça la clef. Le plaisir qu'elle pouvait donner, la Baronne avait peut-être raison, elle n'était bonne qu'à cela, donner du plaisir, n'être là que pour cela.

Elle continua à lécher, écoutant la respiration et les gémissements de Béatrix, se concentrant dessus pour savoir ce qui lui faisait le plus plaisir.

Elle l'entendait respirer de plus en plus vite, l'entendait gémir de plus en plus fort. Elle eut un moment de blocage, arrêta et retira un peu sa tête, la releva et regarda Béatrix.

— Vous n'avez pas peur que vos gémissements soient entendus des chambres et des dortoirs, Madame ?

— Et si c'est le cas ?

— Je ne sais pas, Madame, c'est pour vous !

— Ne t'inquiète pas pour moi… Glisse un doigt au fond de moi et je vais t'expliquer.

Brynja ne se fit pas prier et enfila un doigt entre les lèvres de Béatrix, elle l'y glissa sans aucune résistance, la sentant trempée.

— Bien ! Bouge-le pendant que je t'explique !

— Bien, Madame !

Brynja fit du mieux qu'elle put, elle n'était pas du tout habituée à doigter. Ce n'était pas la première fois qu'elle enfonçait un ou plusieurs entre des lèvres trempées, mais ce n'était pas si courant pour elle.

— Alors, mmm, si tu veux vraiment une explication…

— Oui, Madame.

— Ne t'arrête pas, petite chienne…

Brynja reprit les caresses de sa langue et de ses doigts, fouillant la chatte de Béatrix du mieux qu'elle le pouvait.

— Mmm, alors pour tout t'expliquer…S'ils m'entendent, ce n'est pas grave… Mmm… Continue… Ouiiii… C'est même mieux s'ils m'entendent, ça leur laisse un espoir de vider leurs couilles avec mon approbation… Mmm… Ne t'arrête pas… Vas-y…

Béatrix râlait de plus en plus fort, elle se laissait aller sous les doigts et la langue de la jeune femme, ne retenait plus ce plaisir qui l'envahissait et dont elle avait retardé la montée durant toute la soirée. Elle explosa, coinçant la tête de Brynja entre ses cuisses qui se crispèrent pendant que son orgasme déferlait à travers toutes les cellules de son corps.
Elle resta quelques instants ainsi puis libéra la tête de la jeune femme qui la releva et la regarda, attendant les volontés de la Baronne.

— Tu es une bonne petite chienne qui sait bien se servir de sa langue et de ses doigts.
— Merci, Madame.
— Il va falloir dormir un peu, je m'en voudrais de ne pas montrer l'exemple en ne me réveillant pas demain matin.
— C'est certain, Madame.

Brynja se redressa et allait descendre du lit.

— Où vas-tu ?
— Me coucher comme vous l'avez dit, Madame, et vous laisser vous reposer et dormir.
— Et qui t'as dit que tu ne dormais pas ici ?
— Personne, Madame.
— Alors viens t'allonger près de moi.
— Oui, Madame.

Brynja s'allongea près de Béatrix, relevant draps et couvertures sur elles avant de s'endormir dans un profond sommeil.

Béatrix la regarda plonger dans les bras de Morphée et ne tarda pas à la suivre.

Veilleurs

Lorsque Béatrix apparue en haut des escaliers, elle jeta un rapide coup d'œil à la salle basse.

Tous ses hommes étaient présents, installés autour de la grande table qui avait servi à leurs ébats du soir, et tous discutaient entre eux.

Roland et Amaury étaient l'un à côté de l'autre et chacun avaient la tête plongée dans une assiette qu'ils n'avaient pas encore finie.

Elle descendit les marches lentement, Brynja la suivait.

Elle s'arrêta en bas des marches, attendant que la jeune femme soit à ses côtés.

— Tu es certaine de ta décision ? Je ne veux pas que tu la regrette.

— J'en suis certaine, Madame.

— Alors soit, je te laisse faire ce que tu as à faire.

— Merci, Madame.

Béatrix laissa Brynja pour rejoindre sa troupe.

Tout le monde leva la tête et arrêta de discuter lorsqu'elle arriva à hauteur de la table.

— Bonjour, Madame.

— Bonjour, Roland. Tout le monde est prêt ?

— Presque, Madame. Vous voulez manger quelque chose ?

— Je n'ai pas faim, merci Roland, mais plutôt soif.

— Un verre de vin blanc ?

— Volontiers.

Roland attrapa un verre posé sur la table et y versa du vin, le tendit à la Baronne qui le prit et le bu d'une seule gorgée.

— Tu déteindrais presque sur moi !

Roland éclata de rire et remplit de nouveau le verre que Béatrix lui tendait.

Elle gonfla un peu la voix afin que toute la tablée l'entende.

— Nous partons dans moins de trente minutes, allez préparer vos affaires et vos chevaux. N'oubliez pas le mien, et par la même occasion, sellez en un autre.

Roland et Amaury sourirent à cette annonce, comprenant tous les deux que Brynja ferait partie du voyage qui les menait vers Gunnveig.

— Allez, vous avez entendu votre Maîtresse !
Lança Roland.

Toute la tablée se leva et attrapa les sacs déposés au pied du mur et se dirigea vers la porte.
Roland regarda Béatrix.

— Elle vient avec nous ?
— Oui.

Roland n'insista pas et rejoignit le reste de la troupe dehors.
Béatrix commençait à le connaitre et elle savait qu'il n'appréciait pas cette nouvelle recrue. Et pourtant, il en avait profité, certes, mais c'était surtout parce qu'il n'avait pas eu le temps de se renseigner à son sujet. Il avait toujours été ainsi et c'est ce qu'elle appréciait, en dehors de sa queue, chez lui.

Elle savait qu'elle pourrait toujours compter sur son professionnalisme, même lorsqu'il avait une chope de bière à la main, ou la queue au fond d'une bouche.

Brynja la rejoignit alors qu'elle était plongée dans ses pensées.

— Excusez-moi, Madame.
— Oui ?
— Je pense que je ne vais pas pouvoir venir avec vous.
— Et pourquoi donc ?
— Simplement parce que l'aubergiste ne veut pas me laisser partir, il dit que si je pars, il perd de la clientèle.
— Lui dois-tu quelque chose ?
— Non, Madame, je suis à jour de tout ce que je lui dois. Gite, couvert, tout est prélevé sur ce qu'il me donne et il ne me reste presque rien à la fin.

Béatrix s'assit, fouilla dans la besace qu'elle portait en bandoulière, en sortit une feuille de parchemin.

— Trouves-moi quelque chose pour écrire.
— Bien, Madame, je reviens tout de suite.

Brynja s'éloigna et disparue pour ne réapparaitre des minutes qui avaient parues interminables à Béatrix.

— Voilà, Madame. C'est tout ce que j'ai pu trouver.
— Ça ira. Va me chercher une bougie et allume-la, laisse la se consumer pendant que j'écris.
— Oui, Madame, j'y vais.
Béatrix ne fit même pas attention à la jeune femme qui partait à la recherche de cette bougie.

Elle se saisit de la plume qu'elle lui avait apportée et la trempa dans l'encrier que la jeune femme avait posé sur la table.

Elle commença à griffonner quelques lettres sur la feuille de parchemin et lorsqu'elle eut fini, attendit le retour de Brynja, relisant les lignes qu'elle venait d'écrire.

Elle n'aimait pas agir ainsi, mais elle savait qu'elle n'avait guère le choix, cet aubergiste ne le lui laissait pas.

Certes, elle aurait pu laisser quelques pièces pour emporter la jeune femme avec elle, mais elle n'en avait pas envie. Elle aurait pu aussi signer une reconnaissance qui serait assumée par son Suzerain, mais elle n'avait pas envie qu'il sache qu'elle était passée ici. Elle était encore sur son domaine et elle allait en profiter.

Brynja revint avec une bougie allumée entre les mains.

— Pose-la sur la table.

Béatrix regarda la cire se consumer et attendit qu'elle soit assez fondue. Elle prit la feuille du parchemin, la déposa à côté de la bougie, prit celle-ci et fit couler la cire sur la feuille, attendit quelques instants puis retourna sa main et appuya sa bague pour que l'empreinte se marque dans la cire.

— Je sais que ce n'est pas un sceau officiel, mais ça devrait suffire. Va donner cette lettre à ton aubergiste, s'il sait lire. S'il ne sait pas, qu'il vienne me voir et je lui ferai la lecture.

— J'y vais de ce pas, Madame.

Brynja saisit le morceau de parchemin et disparu.

Béatrix eut un frisson, une sensation qu'elle n'avait pas ressenti depuis bien des années, une sensation dont elle n'avait jamais trouvé l'explication, comme si elle était surveillée.

Elle savait qu'elle l'était, elle ne pouvait pas faire un pas sans être épiée, que ce soit par ses gens, par ses troupes, par ses ennemis, mais ce n'était pas cette sensation qu'elle venait d'avoir.

Brynja interrompit ses pensées en revenant vers elle.

— Il vous prie de l'excuser, Madame, et vous fait dire que tout est en ordre pour que je vous suive.

— Tu vois que tout s'arrange !

— Oui, Madame.

— Tes affaires sont prêtes ?

— Oui, Madame, mon sac est près de la porte... Madame ?

— Oui ?

— Puis-je vous poser une question ?

— Vas-y.

— Je dois vous avouer que je ne sais pas lire, Madame, et j'aimerais savoir ce que vous aviez écrit.

— Je lui ai simplement écrit que la Baronne Béatrix, Maîtresse de ses terres réquisitionnait sa servante, Brynja. Qu'aucune opposition ne saurait être entendue et que telle était ma volonté.

— Oh, Madame ! Vous êtes...

Béatrix éclata de rire et mit quelques minutes à se reprendre.

— Je suis ? La vieille Baronne qui administre son domaine et gouverne jusqu'ici ?

— Oui, Madame ! Oh, non, Madame, ce n'est pas ce que je voulais dire, Madame… Mais c'est vrai que l'on ne vous a jamais vue.

— Tu as raison, je ne suis jamais venue jusqu'ici, et je t'avouerai que c'est un tour, qui est désormais réparé.

— Oui, Madame, mais vous êtes…

— Brynja !

— Oui, Madame ?

— Oui, c'est moi ! Et personne d'autre ! Alors maintenant, s'il te plait, arrête, où tu vas finir par me faire regretter ma lettre.

— Oh non, Madame !

— Allez viens, maintenant que tout est réglé, nous pouvons rejoindre les autres.

— J'ai tant de questions maintenant, Madame.

— Alors garde-le, le voyage va être long.

Béatrix sortit de l'auberge, la jeune femme la suivit, regarda une dernière fois ce qui lui avait servi de logement pendant ces dernières années et qu'elle quittait sans aucun regret.

Toute la troupe était déjà à cheval. Roland approcha celui de la Baronne et Amaury un spécialement scellé pour Brynja.
Les deux femmes grimpèrent sur leurs montures et la petite troupe s'élança sur le chemin qui la menait vers les frontières du domaine, vers celui de Gunnveig.

Ils ne rencontrèrent personne, pas âme qui vive. Les températures se rafraichissaient vraiment.
Béatrix était habituée au froid mais bon nombre des nouvelles recrues venaient du Sud et commençaient à éprouver quelques faiblesses.

Béatrix fit ralentir son cheval pour se retrouver à côté de Roland.

— Tu n'as pas prévu de les faire tous mourir de froid ?

— Non, Madame, ils arriveront tous en pleine forme, je m'en porte garant. Encore quelques heures et nous pourrons nous arrêter pour prendre une bonne soupe chaude.

— Roland ? Une soupe ?

— Oui, Madame, et une bonne chope de bière !

— Dans une auberge ou un bivouac ?

— J'aviserai, Madame.

— Tu sais que je te fais entièrement confiance pour ce voyage.

— Oui, je le sais, Madame, et vous ne le regretterez pas.

— Pour l'instant, c'est le cas !

Béatrix et Roland eurent un grand sourire et Béatrix fit ralentir son cheval, elle avait passé trop de temps à l'avant, ce n'était pas elle qui dirigeait la troupe pour une fois et elle devait laisser cela à Roland.

Elle cala son cheval au milieu de la troupe et regardant Amaury qui avait rejoint Brynja. Personne à part elle, Roland et Amaury ne lui avait adressé la parole depuis leur départ.
Elle eut de nouveau cette sensation d'être observée, tourna la tête sur sa droite pour voir une ombre disparaitre sur la colline. Elle avait certainement rêvé. Qui pouvait venir ici ? Qui surtout était au courant de son départ ?

Elle avait totalement confiance en ceux et celles qui connaissaient son trajet.

Mais cette ombre, elle ne l'avait pas inventée, elle en était certaine, même si elle avait eu du mal à la percevoir, elle était sûre qu'elle avait vu un cavalier blanc sur un cheval blanc, en haut de cette colline recouverte de neige.

Ah ! La neige ! Elle commençait à recouvrir le chemin qu'ils empruntaient et les chevaux allaient avoir du mal à avancer si elle devenait plus épaisse.

— Roland !

Elle n'attendit pas longtemps avant que celui-ci ne l'ait rejointe.

— Oui, Madame ?

— Trouves moi les deux meilleurs de cette troupe, vite ! Toi et Amaury restez dans la troupe !

— Bien, Madame, mais pourquoi ?

— Je veux aller vérifier quelque chose.

— Madame ?

— Ne t'inquiète pas, Roland.

— Nous ne sommes plus chez vous, Madame.

— Je le sais.

— Et je ne peux pas vous laisser prendre de risques inutiles, Madame.

— Ils ne sont pas inutiles, et je ne serais pas seule.

— Si c'est vraiment votre désir, Madame.

— Oui, Roland, c'est ma décision.

— Alors vous pouvez partir avec Aloy et Lothar, Madame.

— Tu es sûr d'eux ? Ils ne vont pas fondre dans la neige ?

— Vous avez si peu confiance en moi, Madame ?

— Je plaisante, Roland. Tu sais très bien que tu as toute ma confiance et je mettrais ma vie entre tes mains.

— Merci, Madame. Oui, vous pouvez leur faire confiance.

— Alors c'est parti, s'il te plait fais attention à Amaury et Brynja pendant mon absence, ils sont tous les deux encore naïfs.

— Oui, Madame, ne vous inquiétez pas pour eux et faites ce que vous avez à faire. Nous continuerons sur ce chemin, nous devrions normalement atteindre une taverne pour midi, et monter un bivouac pour le coucher du soleil.

— Je devrais vous avoir rejoint avant midi.

— Faites attention à vous, Madame.

— Merci, Roland et garde bien tout le monde en vie.

Béatrix fit glisser sa capuche sur sa tête, elle regretta à cet instant de ne pas porter son manteau d'hermine qui se trouvait dans ses malles non pas pour le froid qu'il pouvait supporter, mais pour la signification qu'il portait.
Roland avait déjà donné ses ordres et deux hommes s'étaient détachés de la troupe et étaient à la hauteur de la Baronne.
Les trois cavaliers s'éloignèrent du reste de la troupe qui continua sur le chemin.

— À partir de maintenant, si je vous dis de retourner vers les autres vous le ferez !

— Madame ! Roland va nous tuer si nous vous lâchons d'une semelle.

— Et qui tuera Roland ?

— Heu… Vous, Madame ?

— Bonne réponse !

Béatrix accéléra, elle voulait rejoindre le haut de cette colline avant que les traces ne disparaissent.

— Si j'ai besoin d'être seule, je veux l'être !
— Bien, Madame, mais le moins longtemps possible.
— Nous nous sommes bien compris !

Béatrix stoppa son cheval une fois en haut de la colline. Elle avait de nouveau cette sensation. Elle n'aimait pas cela, elle n'aimait pas ce sentiment qu'elle ne pouvait contrôler, cette situation qui lui échappait et dont elle n'était pas maîtresse.
Elle regarda en contrebas sa petite troupe qui avançait sur le chemin.
Elle était à un avant-poste qui permettait de surveiller toute la plaine et elle comprenait maintenant pourquoi elle avait vu ce cavalier à cet endroit.
Elle ne comprenait pas par contre qui était ce cavalier.
Elle était certaine de ne pas l'avoir rêvé.

— Trouvez-moi des traces de pas, des empreintes de sabot, tout ce qui pourra nous aider pour suivre la piste d'un cavalier !

Elle les laissa chercher, scrutant l'horizon à la recherche de ce cavalier blanc qu'elle était persuadée ne pas avoir imaginé.
Cette impression, elle l'avait eue des années auparavant, sans y prêter attention à l'époque.
La première fois, c'était lorsque sa mère était morte et qu'elle l'avait regardé être ensevelie dans cette crypte qu'elle connaissait maintenant sur le bout des doigts. Elle avait eu cette sensation d'être observée et lorsqu'elle s'était retournée, elle n'avait rien vu, sinon l'étendue blanche de la neige.

Elle s'était confiée à Aubin qui lui avait dit que c'était l'émotion de la perte de sa mère.

Elle avait gardé pour elle les fois où elle avait retrouvé les mêmes impressions.

Elle ne savait pourquoi, mais elle était persuadée qu'elle ne rêvait pas et qu'elle n'avait pas eu des hallucinations.

— Madame ! Il y a des traces de sabot ici !

Béatrix s'approcha de l'endroit.

— Es-tu capable de remonter la piste ?
— Oui, Madame. Cela ne devrait pas être difficile, la neige va nous aider.
— Alors dépêche-toi, je ne veux pas qu'il nous échappe.

Lothar avança doucement, suivant les traces dans la neige.

— Tu crois qu'on va le rattraper à cette vitesse ?
— Je ne suis pas pisteur, Madame, et je fais de mon mieux !
— Bien, alors essaye de faire plus vite !

Les trois cavaliers suivirent les traces, descendant de la colline, traversant une plaine.

Lothar s'arrêta brusquement.

— Que se passe-t-il ?
— Il y a une habitation là-bas, Madame.
— Et ?
— Et les traces que nous avons suivies semblent y mener.

— Alors nous y allons… Mais je franchis seule la porte, vous restez tous les deux dehors.

— Madame !

— Il n'y a pas de Madame ! C'est ainsi ! C'est ma volonté et vous vous devez de la respecter.

— Bien, Madame.

Les trois cavaliers arrivèrent aux abords de la demeure. C'était plus une chaumière, il ne devait y avoir qu'une seule pièce qui devait servir de pièce à vivre et à dormir.

Béatrix descendit de cheval, en tendit les rennes à Aloy et avança vers la porte.

— Restez là !

Les deux cavaliers ne répondirent rien. Ils regardèrent la Baronne pousser la porte de la masure, prêt à intervenir si la situation le commandait. Elle disparut dans la pénombre de la masure.

Lothar et Aloy restèrent dehors, écoutant tout bruit suspect en provenance de la pénombre.

Ils faillirent accourir lorsque la porte se referma, mais ils ne firent rien en voyant leur Maîtresse leur faire signe de ne pas bouger.

Béatrix ressortit de la masure après de longues minutes. Elle n'avait pas fait attention au temps qui s'était écoulé, peut-être même une heure, voire plus, depuis qu'elle y avait pénétré.

Lothar et Aloy furent soulagés de la voir ressortir saine.

— Vous allez bien, Madame ?

— Je vais bien, même si c'est un peu tard pour vous en inquiéter, j'aurai pu mourir mille fois.

— Nous aurions accouru si nous avions entendu du bruit, Madame.

— Je n'en doute pas une seconde et vous en remercie, et merci d'avoir supporté ce froid sans sourciller.

Un homme, beaucoup plus grand que la Baronne, il devait faire à peu-près la stature de Roland, apparu derrière elle. Il portait un long manteau blanc et sa capuche recouvrait sa tête. Son visage était caché par un foulard blanc qui ne laissait découvrir que ses yeux, d'un bleu profond.
Il posa la main sur l'épaule de Béatrix qui tourna la tête et lui sourit. Ses yeux lui rendirent son sourire.
Sans un mot, il fit le tour de la masure et disparut sur un cheval aussi blanc que son manteau. Béatrix le regarda disparaitre.

— Madame ? Voulez-vous qu'on le rattrape ?

— Non, Lothar, laisse-le. Je sais que nous nous reverrons, nous nous en sommes fait la promesse.

— Mais, Madame, ce n'est pas lui que nous cherchions ?

— En effet, c'est bien lui, tu as raison.

— Alors pourquoi le laisser partir ainsi ?

— Il y a parfois des choses que l'on ne peut expliquer. Allez, venez vous réchauffer un peu avant de rejoindre les autres.

Les deux hommes avancèrent et attachèrent leurs chevaux après les anneaux prévus à cet effet.

— Une simple masure qui a tout ce qu'il faut pour recevoir des visiteurs.

Béatrix éclata de rire à la remarque de Lothar.

— Oui, il doit y avoir du passage lorsque la neige a fondu !

Ils suivirent la Baronne à l'intérieur et se mirent à l'aise près du feu qui crépitait dans l'âtre.

— Il y a du vin et à manger si vous le souhaitez, reprenez des forces et réchauffez-vous, ensuite nous repartirons rejoindre les autres.
— Bien, Madame.

Ils se servirent du vin et prirent du pain et du jambon qu'ils mangèrent sans même prendre le temps de s'assoir, préférant se rapprocher du feu.

— Madame ?
— Oui, Aloy ?
— Puis-je vous poser une question ?
— Tu l'as déjà fait, mais tu as le droit à une deuxième.
— Merci, Madame. Si c'était l'homme que vous recherchiez, pourquoi l'avoir laissé repartir ? Vous aviez l'air de tenir à le retrouver.
— C'est ce que j'ai fait, je l'ai retrouvé, nous nous sommes expliqués et comme il me l'a dit, il ne nous voulait aucun mal. Il sait que les routes sont difficiles en cette période et il les surveille quand il peut et il vient en aide aux voyageurs en détresse.
— Il ne vous cherchait pas querelle alors ?
— Du tout.

Béatrix avait dû faire un rapide résumé de ce qui s'était passé pendant tout ce temps dans la chaumière.

Elle avait brodé le plus qu'elle pouvait et ne pouvait dévoiler les échanges qu'elle avait eu avec cet homme. La seule personne qui serait capable de les entendre pour l'instant était Aubin.

Aubin qui ne l'avait pas cru la première fois, et qui serait bien obligé d'admettre qu'il s'était trompé s'il se retrouvait nez à nez avec cet étranger.

Mais cette situation ne risquait pas d'arriver.

— Prêts à repartir ?

— Oui, Madame.

— Alors allons-y, nous sommes déjà restés assez longtemps loin du reste de la troupe, je connais Roland, il doit s'inquiéter depuis que nous sommes partis et qu'il nous a perdus de vue.

— Oui, Madame.

Ils sortirent de la chaumière. Béatrix referma la porte.

— Allez chercher mon cheval, j'arrive.

— Bien, Madame.

Les deux hommes s'éloignèrent un peu. Béatrix en profita pour enlever le gant qu'elle portait et poser sa bague sur la neige durcie près de la porte. Elle y dessina quelques signes et remit son gant.

Elle monta sur son cheval et les trois cavaliers quittèrent cet endroit si symbolique pour Béatrix et si anodin pour ses compagnons.

Ils rattrapèrent le reste de la troupe avant le coucher du soleil.

Roland avait fait installer le bivouac dans une clairière, non loin de la route et un grand feu crépitait.

Béatrix pensa que c'était vraiment surprenant de sa part, se mettre à découvert ainsi, mais c'était sûrement pour qu'elle retrouve facilement leur trace.

Tous furent soulagés en voyant approcher les trois cavaliers et lorsqu'ils furent au milieu de tout le monde, ils ne furent pas en reste de question.

Béatrix se contenta de la version qu'elle avait fournie à ses deux gardes du corps et prétexta être fatiguée pour se coucher rapidement.

Elle répondit tout de même favorablement à la requête de Brynja qui préférait dormir avec elle et pas au milieu de tous ces hommes.

La Baronne eut du mal à s'endormir, même si la présence de la jeune femme contre elle l'apaisait, elle n'arrêtait pas de repenser à cette rencontre et à toute la discussion qui en avait découlée.

Elle se réveilla en sursaut plusieurs fois dans la nuit, Brynja essayant de la rassurer dans un second sommeil et lorsqu'elle entendit les cliquetis des armes et des gamelles, elle ouvrit les yeux, énervée de ne pas s'être réveillée avant tout le monde, comme cela aurait dû être le cas.

— Vous voulez boire quelque chose, Madame ? J'espère que vous avez bien dormi ?

— Merci, Roland, mais ça ira pour ce matin, quant à ma nuit…

— C'est ce que j'ai cru apercevoir, vous vous êtes réveillée souvent.

— Tu me surveilles quand je dors ?

— Surveiller est un grand mot, je montais la garde.

— Et tu as dormi au moins, toi ?

— Oui, Madame.

— Alors oui, ma nuit n'a pas été des meilleures, mais elle n'a pas été une des pires.

— Je l'espère pour vous, Madame.

— Quand penses-tu que nous arriverons chez Gunnveig ?

— D'ici trois ou quatre jours, Madame.

— Et en poussant un peu plus les chevaux ?

— Ce ne serait pas raisonnable, vous le savez, Madame, il n'y a que peu de relais sur cette route et je ne sais pas s'ils seront ouverts avec ce froid et cette neige.

— Soit, alors trois jours, Roland. Fais ce qu'il faut !

— Bien, Madame, si ce sont vos ordres.

— Ce sont mes ordres, oui.

Roland disparut, laissant la Baronne avec ses pensées.
Comment pourrait-elle oublier ces heures de conversation qu'elle avait eue avec Trygveson, comment aurait-elle pu ne pas repenser à toutes ses années passées, à tous les événements survenus depuis sa naissance ?

—J'espère que vous avez bien dormi, Madame ?

Béatrix sortit de ses pensées et sursauta presque en entendant la voix de Brynja.

— Oui, merci, et toi ? J'espère que tu t'es bien reposée car nous avons encore une longue route.

— J'ai bien dormi, Madame, même si j'ai fait des rêves étranges.

— Quels genres de rêves ?

— Je ne sais plus, Madame, simplement qu'ils m'ont réveillés plusieurs fois dans la nuit, mais je ne m'en souviens plus.

— Ce ne sont que des rêves ! Tu veux manger et boire quelque chose ?

— Je veux bien, Madame.

— Alors dépêche-toi, nous partons bientôt.

— Oui, Madame.

Brynja s'éloigna de Béatrix et rejoignit un groupe qui était attroupé autour d'un chaudron.

— Roland !

La Baronne avait crié si fort que tout le monde s'était retourné vers elle et attendait une sentence.

— Oui, Madame ?

— Viens-voir.

Roland quitta le groupe auquel il était en train de donner les instructions pour la journée et s'approcha de Béatrix.

— Oui, Madame ?

— Ne t'inquiète pas, il n'y a rien de grave. Est-on capable d'envoyer un message ?

— Nous n'avons pas de pigeons, Madame. Et si nous envoyons un cavalier, nous perdons un homme de la troupe.

— Penses-tu que ce sera possible lorsque nous atteindrons notre prochaine étape ?

— Je pense qu'au relais de « Slutten av skogen » ils doivent avoir ce qu'il faut pour transmettre des messages, Madame.

— Et quand atteindrons-nous ce refuge ?

— Nous devrions y être ce soir, Madame.

— Alors je vais patienter jusqu'à ce soir.

— Est-ce si important, Madame ? Je pensais que vous aviez laissé toutes les affaires importantes du domaine aux mains de Thybalt, de Margaux et de Morgane ?

— Cela ne concerne pas le domaine, Roland. Ce message me concerne personnellement !

— Et vous pensez que ce que vous venez de me dire va m'apaiser ? Il va vraiment falloir m'en dire plus, sauf votre respect, Madame.

— Tu n'en sauras pas plus pour l'instant, Roland. La seule chose que tu peux savoir, c'est que je ne risque rien, et que ce message ne mettra pas en péril ma vie.

— Vous savez que votre réponse ne me plait qu'à moitié, Madame.

— Je m'en doute, mais tu as la moitié qui te rassure.

— En effet, Madame.

— Tout le monde est prêt pour partir ?

— Oui, Madame.

— Alors allons-y, plus tôt nous atteindrons ce relais, mieux ce sera.

Roland retourna vers la troupe.

— Allez tout le monde en scelle, nous partons dans cinq minutes.

Toute la troupe se prépara, monta en scelle et se mit en route.

Les premières lieues se firent en silence et au fur et à mesure, les conversations avaient repris dans la colonne.

Brynja chevauchait à coté de Béatrix et n'arrêtait pas de lui poser des questions sur sa vie et ce que serait la sienne désormais.

Béatrix répondait de manière assez évasive, elle était plongée dans ses pensées et n'avait qu'une hâte, celle d'arriver au relais afin de pouvoir envoyer son message.

Le chemin qu'ils arpentaient devenait de plus en plus étroit et par certains endroits, la troupe était obligée d'avancer à la queue leu leu. Amaury en ouvrait la marche et Roland la fermait.

La Baronne s'amusait à transposer cette situation avec les meutes de loups. Un mâle dominant et fort ouvrait la marche et le mâle alpha la fermait, surveillant toute la meute.

Elle n'était pas très loin non plus de la queue de la meute.

Le trajet se passa sans réelle embuche et ils arrivèrent en fin de journée au relais.

— « Slutten av skogen », Madame.

— Plus tôt que prévu ?

— Légèrement, Madame. Une fois installés, je me renseignerai pour votre message.

— Bien, fais ce qu'il faut pour l'installation.

— Bien, Madame.

Roland fit le nécessaire pour que tout le monde puisse dormir et se rassasier.

Le relais n'était pas grand et n'était pas aussi cossu que l'auberge de Brynja mais pouvait offrir le minimum vital pour les voyageurs, à savoir le couvert, et une place pour pouvoir dormir.

Les hommes de la troupe se reposeraient dans la grande salle, Roland avait réussi à trouver un recoin tranquille pour que la Baronne et Brynja puissent passer la nuit.

— Je suis désolé, Madame, mais il n'y a pas de chambre et vous devrez dormir avec nous dans la grande salle. Je me suis arrangé pour que vous ayez un recoin tranquille.

— Merci, Roland, mais tu sais que cela ne me dérange pas de dormir entourée d'hommes.

— Je le sais bien, Madame. Ce n'est pas pour vous que j'ai peur, mais pour eux. Il faut, comme vous l'avez répété, qu'ils soient en forme.

Ils éclatèrent de rire ensemble et tout le monde se retourna pour essayer de comprendre ce qui avait pu provoquer cet éclat de rire.

— Je peux prendre votre message, Madame ?

— Il faudrait, pour cela, que je l'ai rédigé. Il me reste du parchemin, mais je n'ai pas de plume.

— Je vais essayer de trouver quelque chose pour écrire.

Roland s'éloigna de la Baronne et essaya de trouver le propriétaire du relais.

Il revint quelques instants plus tard ; la mine dépitée.

— C'est vrai le trou du cul du monde ici, il n'a même pas d'encre !

— Roland !

— Oui, Madame ?

— Surveille un peu ton langage, même si tu as raison !

— Je suis vraiment désolé, Madame, mais c'est pour votre message.

— Ce n'est pas grave, nous allons trouver une solution. Il doit bien rester quelques épis de blé et une volaille à tuer ?

— Vous n'allez quand même pas…

— Je t'ai dit que c'était important et qu'il fallait que j'envoie ce message, alors tous les moyens seront bons.

— Vous voulez venir avec moi pour voir, Madame ?

— Allez ! On va voir ce qu'on peut trouver.

Ils se rendirent tous les deux près du propriétaire et après quelques minutes de négociation et surtout quelques pièces laissées au creux de sa main, ils repartirent avec les ingrédients nécessaires pour griffonner quelques lignes. Elle avait trouvé bien mieux que le sang de volaille qu'elle avait pensé utiliser.

Béatrix ne perdit pas une minute et s'installa à la grande table, sortit un morceau de parchemin de son sac et prit la tige de l'épi de blé, la cassa pour qu'elle soit à la taille d'une plume.

Elle prit ensuite tous les composants qu'elle avait récupérés auprès du propriétaire, à savoir de la suie, du sel de fer et un peu d'eau. Elle savait très bien que cela ne ferait pas la meilleure encre, il manquait les principaux composants et aussi le temps de laisser la réaction se faire, mais ce serait mieux que rien du tout. Elle espérait simplement qu'elle puisse arriver à écrire avec cela.

Elle trempa la paille dans le récipient qui contenait son encre maison et essaya d'écrire quelques lettres sur le coin du parchemin. Elle laissa reposer quelques instants, afin de vérifier si cela tenait et ne coulait pas et une fois satisfaite du résultat, commença à écrire son message.

Elle termina en trempant sa bague dans le liquide et l'appuya sur le parchemin. L'empreinte n'était pas aussi nette qu'avec la cire et elle se retourna vers Roland.

— Trouve-moi une bougie.
— Oui, Madame.

Il n'eut pas longtemps à chercher et revint avec une bougie rouge. Dieu sait ce que faisait cette bougie dans ce relais, ce n'était pas courant, mais Béatrix ne chercha pas d'explication, elle laissa la cire fondre et en versa quelques gouttes sur le parchemin, à la place de la signature ratée puis appuya avec sa bague.

— Voilà, c'est beaucoup mieux ainsi !

Elle roula le parchemin et le cacheta avec la cire rouge sur laquelle elle appuya de nouveau sa bague.

— Va donner ce pli au propriétaire et que ça parte immédiatement.
— Et pour quelle destination, Madame ?
— Aubin.
— Aubin ?
— Tu m'as très bien comprise.
— Bien, Madame. Je vais voir s'il peut partir immédiatement.

Roland repartit, emportant le parchemin avec lui.

Brynja en profita pour s'approcher de la Baronne.

— Excusez-moi, Madame.

— Oui ?

— Je peux m'assoir près de vous ?

— Oui, vas-y installe toi.

— Merci, Madame. Vous avez l'air songeur et soucieux depuis ce matin.

— Oui, parce que je devais envoyer un message important.

— Vous auriez pu le faire de l'auberge, Madame.

— Je n'avais pas à l'envoyer lorsque nous sommes partis.

— C'est en rapport avec votre… escapade ?

— Oui… Mais tu es bien curieuse…

— J'en suis désolée, Madame. C'est que j'ai envie de tout savoir sur vous.

— Il va falloir apprendre à patienter. Même les personnes qui vivent avec moi depuis de nombreuses années ne connaissent pas tout de moi.

— Je m'en doute, Madame, et je vous prie de m'excuser par avance pour toute cette curiosité.

Béatrix ne répondit pas mais sourit à la jeune femme.

Roland était revenu et avait confirmé à la Baronne que le message était parti, un pigeon irait jusqu'à un autre relais, et ensuite le message partirait par coursier. Il devrait atteindre sa destination d'ici un ou deux jours.
Béatrix en avait été soulagée.

— Tu crois qu'ils ont assez à manger pour nous tous ?

— Oui, Madame, je m'en suis assuré avant de nous installer.

— Et aussi à boire ?

— Oui, aussi, Madame

— Alors dans ce cas, c'est ma tournée.

Roland sourit avant de répondre

— Sur vos deniers personnels ou ceux du domaine, Madame ?

— Les miens, Roland ! Si je dis que c'est ma tournée, c'est que c'est la mienne, sinon j'aurais dit que c'était sur le voyage !

Roland n'eut pas à crier bien fort pour que tous les hommes se retrouvent autour de la table, l'un commandant une chope de bière, l'autre du cidre, un autre de l'hydromel.

Les alcools coulaient à flot et si le lieu n'était pas des plus confortables, il fallait avouer qu'il y avait ce qu'il fallait en nourriture et boisson.

Nourriture qui ne tarda pas à envahir la grande table.

Pains, charcuteries, fromages, légumes, soupes avaient envahis l'espace libre et tentaient de trouver une place entre les chopes, les bols et les verres.

Béatrix avait gardé Brynja près d'elle. Amaury et Roland n'étaient pas très loin. Le jeune homme repensait encore à la nuit dernière et se demandait si toutes les nuits futures y ressembleraient.

Pour celle-ci, Béatrix avait besoin de se reposer, physiquement et surtout moralement après tout ce qu'elle avait découvert. Et même si elle aurait bien profité de la petite langue de Brynja, ou d'une ou plusieurs queues des hommes de sa troupe, elle savait que ce ne serait pas raisonnable et qu'elle allait tirer sur ses réserves. Il fallait, elle aussi, qu'elle soit en forme pour son arrivée près de Gunnveig.

Elle laissa pourtant quelques temps pour que toute la troupe termine nourriture et boisson puis se leva.

— Hop ! Tout le monde au lit, ou du moins ce que l'on peut considérer comme un lit, mais extinction des feux dans dix minutes. Demain, nous avons encore une longue route et nous serons arrivés après demain, si la neige et le vent ne se lèvent pas.

Toute la troupe se leva et se dirigea vers le coin de la pièce où étaient déposées leurs affaires et s'installa pour dormir.

Béatrix les regarda faire et une fois qu'ils furent tous allongés, se dirigea, tout en prenant soin de prendre la main de Brynja pour l'entrainer avec elle, vers le coin qui lui était réservé.
Les bougies avaient été soufflées et il ne restait plus que les reflets de la lune pour éclairer l'intérieur de la pièce.

La Baronne s'allongea et regarda Brynja qui allait faire de même.

— Déshabille-toi !
— Là ?
— Oui là ! Tu ne vas pas me dire que ça te choque de te mettre nue devant des hommes ?
— Non, Madame, cela ne me choque pas. Mais…
— Mais ?
— Mais rien, Madame.

Brynja enleva le gilet qu'elle portait puis fit glisser par-dessus ses épaules le haut de sa tunique, dévoilant à tous ceux qui voulaient regarder sa poitrine ferme.

Elle défit sa jupe et la fit tomber par terre, ne gardant que les bas de laine et les bottes.

— Enlève tes bottes et garde tes bas.
— Bien, Madame.

Elle défit les lacets de ses bottes et les retira, les posa à côté du reste de ses vêtements. Elle sentait les regards des hommes sur elle, elle imaginait leurs queues qui se dressaient.

— Viens te coucher !

Brynja fût tirée de ses pensées et s'allongea, quelque peu à regret près de Béatrix. Celle-ci remonta la couverture sur elles.

— Maintenant déshabille moi, et attention à ce qu'aucun d'eux ne voit une parcelle de ma peau !
— Je vais faire de mon mieux, Madame.

La jeune femme mit un peu de temps pour retirer les vêtements de la Baronne mais y arriva sans laisser un morceau de peau sortir de dessous la couverture.
— Tu vois que tu y es arrivée. Demain matin, ce sera peut-être plus difficile lorsqu'il faudra que tu m'habilles. Mais pour l'instant, viens dormir, tu l'as mérité.
Béatrix passa son bras autour de la jeune femme et la colla à elle.
Elles ne mirent pas longtemps à s'endormir toutes les deux, au milieu des gloussements et des murmures qui s'élevaient de l'autre coin de la pièce.

Béatrix était certaine que certains de ses hommes se videraient les couilles en s'imaginant avec elles, en les imaginant toutes les deux en train de se lécher, de se doigter, mais ce soir, elle n'en avait que faire, elle avait besoin de se reposer et d'évacuer le stress de cette journée.

Visiteurs

Le reste du voyage se déroula sans encombre. La neige et le vent avaient accompagnés la petite troupe sur leur chemin et lorsque Roland avait annoncé qu'ils étaient arrivés sur les terres de la Jarld, un soupir collectif s'était échappé de toutes les bouches.

Il ne restait qu'une demi-journée avant d'arriver à Borgulfr, auprès de Gunnveig et Béatrix avait demandé à Roland de trouver un endroit digne de ce nom où elle pourrait s'apprêter avant de se présenter à la Jarld.

En digne commandant des forces armées de la Baronne, et pour cette occasion, de la petite troupe qui l'escortait, Roland avait envoyé quelques hommes en reconnaissance.

Ils étaient revenus quelques heures après leurs départs, les deux premiers sans bonne nouvelle. Le troisième quant à lui avait trouvé une auberge qui semblait répondre aux critères de la Baronne. Il y avait pourtant un petit détour, car elle n'était pas sur la route principale qui menait au domaine de la Jarld.

Béatrix n'en fit pas cas. Elle n'était plus très loin et elle devait se rendre présentable, même si elle savait que Gunnveig n'en ferait aucun cas.

— À combien de temps est cette auberge ?

— Une heure de galop, Madame.

— Et combien de temps ensuite pour arriver à notre destination ?

— Je dirais trois ou quatre heures, Madame.

Béatrix réfléchit quelques secondes.

— Alors nous allons avancer encore trois ou quatre heures, et avant d'arriver tu me trouveras une autre auberge.

— Bien, Madame, si tel est votre désir.

Il se retourna et disparut au milieu des autres hommes.
Roland, qui était resté à l'écart pendant la discussion, s'approcha de la Baronne.

— Vous êtes certaine, Madame ?

— Oui, certaine.

— Je ne sais pas si nous retrouverons une autre auberge ensuite.

— Il y en a, Roland ! Fais-moi confiance.

— Comme toujours, Madame.

— Et me suis-je déjà trompée ?

— Pas à ma connaissance.

— Alors voilà, discussion close.

— Oui, Madame.

Roland se retourna vers la troupe.

— Allez en route !

La troupe se remit au petit trot, traversant champs et forêts, hameaux et villages où les habitants les regardèrent passer avec une certaine inquiétude. Il est vrai que les étrangers n'étaient pas légion et de nombreux passages s'étaient terminés en raids et pillages.
Béatrix ne se souciait que peu de ces regards, de nombreux cachés à l'intérieur de leurs maisons, derrière les fenêtres qu'ils n'avaient pas eu le temps de barricader.

Les plus jeunes et moins aguerris de la troupe y étaient beaucoup plus sensibles.

— Roland ?
— Oui, Madame ?
— Viens, voir.

Elle arrêta son cheval au milieu du chemin, le gros de la troupe devant elle. Roland la rejoignit en criant à tout le monde de stopper.

— Que se passe-t-il, Madame ?
— Regarde les plus jeunes de la troupe, à chaque fois que l'on traverse un village, ils sont sur la défensive, prêts à tirer l'épée pour en découdre avec les pauvres villageois. Il faut que tu fasses quelque chose avant le prochain village, car si j'ai bien calculé, nous ne devrions pas tarder à arriver, et nous devrons faire une halte dans la prochaine auberge.
— Oui, Madame, vous avez raison, nous ne devrions pas tarder. Voulez-vous que j'envoie un éclaireur annoncer notre arrivée à Gunnveig ? Et je vais parler à tout le monde, ne vous inquiétez pas pour cela.
— C'est une bonne idée pour l'éclaireur.

Roland fit faire un volteface à son cheval et se retourna vers la Baronne.

— Je me charge de tout cela, Madame.

Il avança au milieu de la troupe, laissant Béatrix en retrait avec Brynja.

— Il va falloir que tu m'aides une fois que nous serons dans cette auberge.

— Vous aider, Madame ?

— J'espère que je pourrai prendre un bain avant de me changer.

— Et comment pourrais-je vous y aider, Madame ?

— Réfléchis un peu…

— J'ai encore un peu de temps pour cela ?

— Oui, jusqu'à ce que l'on trouve cette auberge.

Roland mit cours à leur conversation en revenant vers elles.

— Aloy est parti pour annoncer notre arrivée, Madame.

— Bien, j'espère qu'il remplira sa mission comme il se doit.

— Ne vous inquiétez pas, Madame. J'ai confiance en lui, ce n'est pas un novice.

— Je l'espère pour nous.

— Soyez en certaine, Madame.

Quelques lieues après cette discussion, Lothar descendit la colonne formée par la troupe pour venir au niveau de la Baronne.

— Il y a un nouveau village à l'horizon, Madame.

— Bien et ?

— Voulez-vous que l'on voit si l'on trouve une auberge, comme vous l'avez demandé ? Je dirais moins de deux heures, Madame !

— Bien, alors que ce soit ce village ou le suivant, il me faut un endroit où prendre un bain et me changer.

— Je vais aller voir si je peux trouver une auberge dans ce village, sinon j'irai voir dans le suivant.

— Fais attention.

— Oui, Madame, je vais y aller avec deux ou trois hommes.

— C'est préférable.

Lothar repassa au niveau de Roland et lui expliqua la situation. Celui-ci lui assigna deux hommes qui s'éloignèrent de la colonne avec Lothar. Ils disparurent derrière la colline pendant que le reste de la troupe avançait au pas.

Béatrix était plongée dans ses pensées lorsque Roland vint l'interpeller.

— Nous devrions trouver une auberge rapidement, Madame.

— J'espère !

Roland laissa la Baronne à ses pensées, il savait que ce n'était pas la peine d'insister lorsqu'elle était ainsi. Il la connaissait suffisamment pour savoir quand elle était disponible ou non, et pour l'instant, il aurait pu lui annoncer n'importe quelle catastrophe, elle ne l'aurait pas écouté.

Il repartit, comme il était venu, grognant et jurant comme il en avait l'habitude.

La neige tombait de nouveau à gros flocons.

Béatrix avait remis sa capuche sur sa tête et avait ordonné à Brynja de faire de même.

C'est sous cette neige de plus en plus épaisse, ces flocons de plus en plus lourds que la troupe de la Baronne pénétra dans l'un des derniers villages la séparant de Gunnveig.

Lothar partit s'informer au sujet de l'auberge de ce village et revint quelques instants plus tard.

— Il y a de la place, Madame. Ça n'a pas l'air d'être le grand luxe, mais l'établissement semble propre, et il n'y a guère de monde à première vue.

— Alors allons-y. Tout le monde pourra se restaurer et se reposer avant notre destination finale.

Lothar guida la petite troupe vers l'auberge et tous descendirent de cheval. Quelques hommes les conduisirent à l'écurie pour, sur les recommandations de la Baronne, leur rendre un éclat digne de ce nom.

Roland était rentré le premier, suivi de Lothar et ils avaient discuté quelques secondes avec l'aubergiste, pendant que Béatrix et Brynja terminaient leur discussion et que Béatrix lui passait ses consignes. Elles étaient claires et elle voulait s'assurer que la jeune femme les ait bien comprises.

Lorsqu'elles entrèrent, Roland lui indiqua directement la chambre qui leur était réservée.

Les deux femmes s'y rendirent et fermèrent la porte derrière elles.

Béatrix savait qu'elle pourrait prendre un peu de temps, ses hommes avaient besoin de se reposer. Les dernières lieues parcourues avaient été éprouvantes pour eux. Ils n'avaient pas l'habitude de ce climat.

Pour elle, c'était différent, elle avait passé une partie de sa jeunesse dans les terres nordiques, lorsqu'elle était encore avec sa mère et que celle-ci avait décidé de passer quelques années sous un vent glacial et des mètres de neige.

Elle n'avait pas, à l'époque, compris pourquoi sa mère avait préféré passer du temps sous un climat austère plutôt que de profiter du soleil et des températures plus agréables du sud.

Elle avait saisi la volonté de sa mère bien des années après cette période.

Mais pour l'instant, il fallait qu'elle se prépare et se donne une allure un peu plus présentable.

Elle regarda la chambre. Comme l'avait évoqué Lothar, ce n'était pas le grand luxe, mais cela suffirait.

Elle fit le tour de la pièce. Un grand lit recouvert de couvertures et d'édredons, une penderie, un bureau et ce qui l'intéressait le plus pour l'instant, c'était le grand baquet en bois rempli d'eau fumante. La cheminée attira aussi son regard, les braises continuaient de crépiter et deux grandes jarres étaient posées à côté.

Sans perdre de temps, Béatrix fit glisser sa robe à terre et plongea dans l'eau brulante.

— Ahhh !

— Qu'y a-t-il, Madame ?

— Ce sont vraiment des sauvages, elle est brûlante ! Mais qu'est-ce que cela fait du bien !

— Voulez-vous que je remette de l'eau froide, Madame ?

— Non, c'est bon, ça ira. Déshabille-toi et viens me rejoindre.

— Dans l'eau ?

— Non dans la cheminée ! Pfff, bien sûr dans l'eau. Tu ne penses pas que tu vas te présenter à Gunnveig comme une souillon.

Brynja haussa les épaules avant de répondre à la Baronne.

— Je ne suis pas une souillon, Madame.

— Alors dépêche-toi de me rejoindre.

Brynja se déshabilla et se glissa à son tour dans l'eau chaude.

— Et maintenant, Madame ?

— Profite ! Détends-toi ! Tu as de la chance que l'on n'a pas beaucoup de temps.

— Comment cela de la chance ?

— Quoi que… Nous allons le prendre ce temps !

— Comment cela, Madame ?

— Détends-toi pour l'instant.

Et sans attendre de réponse, Béatrix ferma les yeux, posa ses mains sur ses cuisses, les écartant légèrement pour sentir la chaleur entre ses cuisses et resta ainsi. Brynja fit de même, se demandant si c'était ainsi que la Baronne voulait qu'elle se détende.

Elle faillit ouvrir les yeux lorsque les deux pieds de Béatrix lui écartèrent un peu plus les cuisses, mais les gardant fermés, elle se laissa faire et se retrouva les jambes le plus écartées que le baquet le permettait.

Elle ne sut combien de temps elle resta ainsi. Elle sentait les mollets de la Baronne contre les siens, les tenant écartées, et les vagues d'eau chaude qui couraient entre ses cuisses, avivées par les mouvements que Béatrix devait faire.

— Tu es bien détendue ?

— Je pense, Madame.

— Alors caresses-toi et fais-toi jouir devant moi, garde les yeux fermés et ne les ouvre que lorsque tu auras joui.

Brynja faillit les ouvrir aux premiers mots de Béatrix et se ressaisit immédiatement entendant la fin de sa demande.

Elle fit glisser ses deux mains entre ses cuisses, l'une commençant à caresser son clitoris et l'autre passant sur ses lèvres.

C'était la première fois qu'elle allait se caresser dans l'eau et les sensations qu'elle éprouvait étaient bizarre. Elle n'avait pas le même ressentit que lorsqu'elle se caressait sur un lit, sur un bureau, une table de salle, ou encore ailleurs.

Elle se laissa aller, imaginant que Béatrix la regardait, elle frotta son bouton, commençant à gémir doucement.

Béatrix la regardait faire, elle avait ouvert les yeux et observait Brynja, les mains plongées entre ses cuisses, elle les devinait passer sur son clitoris, entre ses lèvres, s'enfoncer entre elles. Elle fit de même et laissa ses doigts courir sur son bouton gonflé d'excitation, prenant garde de ne pas faire de bruit.

Les mouvements de l'eau devenaient de plus en plus chaotiques. Brynja faisant de plus en plus de mouvements avec ses doigts, et Béatrix se caressant doucement et en silence.

La Baronne se mordit les lèvres pour laisser aucun son échapper de sa bouche lorsqu'elle jouit, se concentrant pour ne donner aucun indice à Brynja et profiter au maximum de ces ondes de plaisir qui parcouraient son corps.

Elle regarda Brynja se crisper et râler de plus en plus jusqu'à ce qu'elle sente ses jambes presser les siennes pour essayer de se refermer sur ses doigts.

Elle resta quelques secondes les yeux fermés, profitant de ces instants, de ses vagues de plaisir qui continuaient à se répandre dans tout son corps, puis elle ouvrit les yeux.

— Tu as bien jouis, ma petite chienne ?
— Oui, merci, Madame.

Brynja eut un sursaut. Elle se ressaisit et se demanda pourquoi elle avait répondu cela. Elle n'était pas une chienne et elle n'avait pas à remercier pour un orgasme. Elle savait s'en donner ou en prendre sans en demander l'autorisation. Béatrix perçu ses doutes.

— Un problème, ma petite chienne ?

Encore une fois, Brynja répondit avant d'avoir réfléchi
— Non, Madame, aucun.
— Alors tu vas pouvoir me laver maintenant, que je ne sente pas le graillon, la suie, et toutes les odeurs qui ont pu encrasser mes vêtements durant tout le voyage.
— Oui, Madame.

Brynja ne comprit pas sa réaction et sa réponse. C'était comme si la femme qui était en face d'elle pouvait demander ce qu'elle voulait, elle le ferait. Ce n'était pas elle.
Brynja savait dire oui ou non lorsqu'elle en avait envie. Combien de fois avait-elle dit non à un client de l'auberge, simplement parce qu'elle n'en avait pas envie ?
Honnêtement, elle avait arrêté de les compter lorsqu'elle n'avait eu plus assez de doigts sur ses deux mains.
Et pourtant, elle était là, exécutant les moindres demandes de la Baronne, depuis qu'elle avait croisé son regard. Elle ne comprenait pas pourquoi elle agissait ainsi.

— Arrête de rêvasser !
— Oui, Madame.

Brynja attrapa une éponge posée sur un rebord du baquet, la trempa dans l'eau.

— Et maintenant, Madame ?

Béatrix se leva.

— Lave-moi, et n'oublie rien !
— Oui, Madame.

Brynja s'approcha et passa l'éponge sur les jambes de la Baronne, remonta sur ses cuisses, son ventre, marqua un moment d'arrêt au niveau de ses seins.

— Ils ne vont pas te brûler les mains !

La jeune femme continua de remonter sur le corps de Béatrix qui se retourna pour qu'elle termine.
Brynja reposa l'éponge.

— Vous pouvez vous rincer, Madame.
— Tu ne crois pas que tu as oublié un endroit ?
— Je ne pense pas, Madame.

Pour toute réponse, Béatrix se pencha en avant en écartant les jambes.

— C'est pourtant visible non ?
— Oui, Madame.

Brynja reprit l'éponge et la passa entre les cuisses de la Baronne, passant sur ses lèvres et remontant sur la raie de ses fesses, insistant légèrement sur son petit trou.

— Madame est satisfaite ?
— Ça a l'air beaucoup mieux maintenant.

Béatrix replongea dans l'eau pour enlever les traces de savon. Elle en ressortit rapidement.

— Va chercher de quoi nous sécher.
— Bien, Madame.

Brynja sortit du baquet, laissant des traces humides sur le parquet et partit à la recherche de serviettes qu'elle trouva en fouillant dans une des armoires.

— Je pense que l'on peut les utiliser, Madame ?
— Et pourquoi serait-elle là si on ne le pouvait pas ?
— Je ne sais pas, je sais qu'à l'auberge, des fois on entreposait du linge dans les chambres.
— Alors dans ce cas, c'est bien dommage pour eux.

Brynja se sécha et lorsque Béatrix se leva, elle essuya les gouttes qui ruisselaient sur sa peau.

— Et que penses-tu que je devrais mettre maintenant ?
— Je ne sais pas, Madame.
— Il va falloir que tu saches, si tu veux rester avec moi ! Je ne vais pas garder quelqu'un qui ne sait rien.

Brynja baissa les yeux et marqua un moment de silence, cherchant ce qu'elle pourrait répondre.

Elle n'avait aucune envie de quitter la Baronne, et ce, même si cela ne faisait pas longtemps qu'elle la connaissait. Elle se sentait bien à ses côtés et pour aucune raison elle n'aurait voulu retourner à l'auberge, ou pire encore pour elle, dans une ferme comme celle qui l'avait vu naître.

Il fallait qu'elle fasse tout ce qu'elle pouvait pour rester aux côtes de Béatrix, d'autant plus que celle-ci semblait l'apprécier.

— Je ne sais pas ce que comportent les malles qui ont été déposées avant notre arrivée dans la chambre, Madame.

— Et bien regarde !

Brynja laissa la Baronne avec la serviette et se dirigea vers une malle qui avait été déposée à même le sol. Elle l'ouvrit et commença à en sortir quelques robes.

— Je ne sais pas, Madame. Tout dépend de ce qui vous plait vraiment.

— Choisis ce qui te plait !

La jeune femme fouilla, tout en essayant de ne pas défroisser les vêtements dans la malle.

— Celle-ci vous conviendrait, Madame ?

Brynja avait sorti une robe d'un bleu sombre, orné de motifs argentés sur les bords et les coutures.

— Elle pourrait faire l'affaire. Apporte-la et aide-moi à la mettre.

La Baronne fut rapidement habillée. Elle remit, une fois sa robe passée, les longues chausses en laine noire qu'elle avait trouvées dans la malle. Elle enfila ses bottes et se tourna vers Brynja.

— Et tu penses te présenter ainsi ?
— Je n'ai rien d'autre, Madame.
— As-tu vu des choses qui te plaisaient ?
— Beaucoup, oui, Madame.
— Alors choisis et mets ce qui te plait.
— Je n'oserai pas, Madame, ce ne sont pas mes affaires.
— Si je te dis de le faire, alors tu le fais !
— Bien, Madame.

Brynja sortit une jupe longue en laine noire, agrémentée de dentelles noires. Elle choisit aussi un petit haut en lin noir également.

— Très bon choix.
— Merci, Madame.
— Allez, dépêche-toi d'enfiler tout cela.

La jeune femme ne perdit pas de temps et se retrouva rapidement habillée et rejoignit la Baronne qui l'attendait près de la porte.

Celle-ci en profita pourtant pour glisser une main sous la jupe, remontant entre les cuisses jusqu'à frotter ses ongles sur les lèvres de la petite chatte et s'insérer entre elle, l'écarter dans un soupir de plaisir pour en ressortir aussi rapidement et venir se glisser dans sa bouche.

— Tu es encore toute mouillée, petite salope. Et tu as bon goût. C'en est dommage de ne pas en profiter plus longtemps, mais nous aurons le temps bientôt.

— Je l'espère, Madame.

Béatrix ouvrit la porte, et suivie de Brynja, retrouva la troupe qui était attablée et semblait avoir profitée de ce temps pour vider les cuisines et la cave.

— Tout va bien, Madame ?

— Oui, Roland, merci. Un verre de vin blanc et une tranche de pain et ce sera bon pour repartir… Si le reste des hommes est en état.

— Tout le monde l'est, Madame.

— Alors laisse-nous une place à table.

Roland attrapa deux verres et les remplit avant de les tendre à la Baronne. Amaury s'était occupé de trancher la miche de pain et d'en découper deux larges tranches, les déposants dans deux assiettes avec quelques morceaux de lard fumé.

— Allez, on se dépêche, je n'ai pas envie d'arriver à la nuit tombée.

— Ne vous inquiétez pas, Madame. Encore une heure et nous serons arrivés.

— Merci Lothar pour cette précision. Pour la peine, va prévenir la Jarld de notre arrivée, de manière officielle, car je ne doute pas une seule seconde qu'elle soit déjà au courant.

— Bien, Madame, j'y vais ce de pas.

Il disparut derrière la porte de l'auberge, non sans avoir récupéré son baluchon.

Béatrix termina son verre et la tranche de pain, laissant le lard de côté.

— Tout le monde est prêt ?

Roland répondit pour toute la troupe.

— Oui, Madame.

— Alors allons-y, nous n'avons que trop trainés ici.

Toute la troupe quitta l'auberge et remonta à cheval, Béatrix faisant attention à s'emmitoufler dans son manteau de voyage afin de ne pas salir sa robe. Brynja essaya de faire de même.

— Ce soir sera différent des autres soirs, crois-moi.

— Je ne vois pas pourquoi je ne vous croirais pas, Madame.

Béatrix éclata de rire.

— Tu es vraiment... Tu me rappelles quelqu'un que je vais avoir du mal à oublier.

— Et c'est pour l'oublier que vous voulez que je sois avec vous ?

— Je ne pourrai jamais l'oublier, disons que je vais surtout avoir à l'éloigner de moi et que ce n'est simple ni pour elle, ni pour moi.

— J'espère simplement que je ne suis pas juste là pour faire du remplacement, Madame.

— Non ! Sinon j'aurai trouvé ailleurs !

— Merci, Madame.

La petite troupe avançait au trop, traversant les dernières landes qui la séparait de sa destination.

Roland fit arrêter tout le monde en voyant un cavalier arriver au grand galop.

Après quelques minutes, toute la troupe reprit son calme en voyant qu'il s'agissait de Lothar.

— J'ai un message pour vous, Madame.

— Qu'attends-tu pour me le donner ?

La Baronne déroula le morceau de parchemin et le lut lentement. Elle sourit longuement en le roulant et en le glissant dans une des sacoches accrochées à sa robe.

— Nous allons avoir de la visite.

Roland était sur ses gardes. Béatrix le perçu à son regard interrogatif.

— Une escorte pour nous conduire vers la Jarld... Alors s'il vous plait, pas de mauvais geste, nous ne sommes pas en danger, au contraire. Et pour preuve, je laisserai la dague que je porte à ma ceinture au commandant de cette escorte.

— Madame !

— Ne n'inquiète pas, Roland… Tu connais Gunnveig aussi bien que moi !

— Oui, c'est vrai, Madame. Mais votre sécurité est ma priorité, et ce que vous allez faire ne me plais pas.

— Et tu seras là s'il doit m'arriver quelque chose.

— Oui, Madame… Comme toujours…

— Donc tout va bien.

Roland ne répondit et se contenta d'éperonner son cheval pour retourner à l'avant de la troupe, hurlant ses ordres au fur et à mesure qu'il remontait vers la tête du convoi.

— La connaissez-vous vraiment pour faire ce que vous allez faire, Madame ?

— Oh !! Mais tu ne vas pas t'y mettre toi aussi ! Je la connais mieux que je ne te connais.

— Dans ce cas, Madame, je ne dirais plus rien.

— Ce n'est pas non plus ce que je t'ai demandé.

Brynja n'eut pas le temps de répondre. Roland avait fait stopper la troupe. Un cavalier arrivait vers eux et derrière lui, une centaine, d'après ce que l'on pouvait en deviner, suivait.

Les cavaliers arrivèrent rapidement à la hauteur de la troupe et l'encerclèrent avant de se mettre dans le même sens de marche qu'eux.

La Baronne fit juste un signe à Roland qui remit la troupe en marche. Elle avança, entourée de tous ces cavaliers qui formaient comme un bouclier se muant en même temps que la troupe.

Quelques lieues plus loin, les cavaliers s'écartèrent pour laisser la troupe franchir une large porte de bois qui s'était ouverte à leur arrivée. Ils attendirent à l'extérieur pendant que les hommes de la Baronne franchissaient la palissade.

La Baronne faillit descendre de cheval en voyant Gunnveig en haut des marches de la grande hutte en face d'eux, mais elle attendit d'avoir pénétrée dans la cour avec toute sa troupe.

Elle avait tellement envie de se jeter dans ses bras, de la serrer contre elle.

Il fallait portant qu'elle reste calme, c'était une visite officielle et elle devait rester ainsi tant qu'elles étaient en public.

Veillée

Béatrix descendit de cheval, avança vers Gunnveig qui était restée en haut des marches, telle la souveraine de son domaine.

La Baronne s'arrêta avant de gravir les quelques marches qui la séparait de celle qui avait été son amante durant une nuit.

La Jarld ne lui laissa pas le temps de gravir les marches et les descendit pour la retrouver et lorsqu'elle fût devant elle, s'agenouilla en face d'elle.

La voyant faire ce geste, tous ses hommes présents dans la cour firent de même et la Baronne se retrouva devant quelques centaines d'hommes et de femmes à genoux devant elle.

La Baronne se baissa, accroupie en face de Gunnveig, posa ses mains sur ses tempes et la fit se relever en même temps qu'elle. Une fois qu'elles furent toutes les deux debout, l'une en face de l'autre, Béatrix relâcha l'étreinte de ses mains.

— Qu'est-ce que tu me fais là ?

— Ce que je dois, Madame. Simplement ce que mon rang doit au vôtre.

Béatrix s'approcha un peu plus de Gunnveig, glissa sa bouche près de son oreille.

— En public alors… Pour le reste nous verrons tout à l'heure, si tu en as toujours envie.

— Oui, bien sûr.

La Jarld reprit à haute voix.

— Bienvenue chez nous, Madame, ainsi qu'à toute votre troupe. Votre voyage a dû être fatiguant ? Voulez-vous vous reposer quelque peu ?

Béatrix se retourna vers ses hommes.

— Qu'en penses-tu Roland ?
— Ce ne serait pas une mauvaise idée, Madame.

Le visage de Gunnveig s'illumina lorsqu'elle vit la stature de Roland sortir de la troupe et s'avancer vers la Baronne pour lui répondre.

— Surprise qu'il soit avec moi ?
— Quelque peu, oui. Je ne m'attendais pas à le voir ici, lui qui est tellement casanier d'après les rumeurs.
— Beaucoup de choses ont changé depuis cet été.
— J'ai hâte que tu me raconte, mais viens, nous n'allons pas rester plantées là au milieu de la cour.
— Je te suis. Par contre si cela ne te déranges pas, j'aimerai que certains de mes hommes se joignent à nous.
— Aucun problème, il y a de la place dans la grande salle où nous allons, il y aura d'ailleurs certains des miens qui doivent être encore en train de boire et de raconter leurs derniers exploits, ils pourront les partager avec tes hommes.

Béatrix suivit Gunnveig qui remontait les marches et rentrait vers l'intérieur de la grande hutte.
Roland avait regroupé certains hommes de la troupe et lui emboitèrent le pas.

Les tables étaient installées sur les côtés de la grande salle.

Béatrix se remémora ce que lui avait raconté Aubin lors de sa visite auprès de la Jarld et visualisa très bien l'accès où il avait été conduit. Elle voyait ce rideau qui séparait la grande salle des appartements privés de la Jarld.

Les hommes de la Baronne prirent place autour des tables, se mêlant avec les hommes et les femmes de la Jarld.
Gunnveig invita la Baronne et ses proches à s'installer à la table où elle présidait.
Béatrix s'installa à coté de Gunnveig, Roland de l'autre côté.
Brynja et Amaury s'assirent aussi à la table et deux hommes et deux femmes du Nord firent de même.

La bière coula à flot pour fêter l'arrivée des visiteurs et les mets s'empilèrent sur les tables.
Les rires, les chants emplirent la grande salle comme lors des retours de raid.
Béatrix et Gunnveig n'arrêtaient pas de parler, leurs mains trainant parfois sous la table pour se glisser sur les cuisses de l'autre.
Gunnveig n'avait pas manqué de présenter sa fille à ses invités et tous s'étaient émerveillés sur la blondeur de ses cheveux. Elle l'avait confiée à sa nourrice pour le reste de la soirée.

La soirée se déroula dans la joie et la bonne humeur. Certains s'étaient effondrés sur les tables, ivres et se faisaient escortés en dehors de la grande salle qui petit à petit ne raisonna que des paroles de la table de la Jarld.
Roland était parti discuter avec les hommes de la Jarld et Amaury et Brynja discutaient avec les deux femmes.

— Comment la trouves tu cette petite rousse ?

— Elle m'a l'air fort sympathique. Où l'as-tu trouvée ?

— Dans une auberge, sur la route qui m'amenait ici.

— Et elle t'a suivie sans rien dire.

— Presque rien, non !

— Elle est bonne au moins ?

— Si elle ne l'était pas, je ne l'aurais pas amenée jusqu'ici.

— Alors j'espère que je pourrai en profiter.

— N'en doute pas.

Béatrix et Gunnveig éclatèrent si fort de rire que tous se retournèrent vers elles.

— Embla, tu veux bien montrer leurs chambres à nos invités ?

— Oui, Madame, bien sûr.

La jeune femme se leva et fit signe aux visiteurs de la suivre. Les deux hommes et l'autre femme en profitèrent pour quitter la grande salle non sans prendre soin de saluer la Baronne et la Jarld.

— Tu passes la nuit avec moi ou tu préfères être tranquille ?

— Bien sûr que je passe la nuit avec toi. Tu ne la passes pas avec ta fille ?

— Le début de la nuit, si. Ensuite, sa nourrice la reprend pour que je puisse me reposer. J'ai, comme toi, une vie publique à assumer.

— Donc début de nuit bien sage pour nous deux alors ?

— Oui, mais il y a tant de choses dont je voudrais te parler.

— Nous aurons tout le temps, je n'ai pas l'intention de repartir tout de suite.

— Alors prenons le temps pendant que tu dois pouponner !

— Cela ne te dérange pas ?

— Avons-nous le choix ?

— Je peux demander à sa nourrice si elle peut s'en occuper toute cette nuit.

— Ce serait une bonne idée.

— Alors attends-moi ici, je reviens, je ne devrais pas en avoir pour très longtemps.

Gunnveig se leva et sortit de la pièce, laissant Béatrix seule au milieu de la grande salle devenue silencieuse.

La Baronne se perdit dans ses pensées. Ce que lui avait raconté Aubin revenait au galop, mais surtout, le visage de Hallveig, la fille de la Jarld, ce visage qui semblait lui rappeler étrangement les trais d'une personne qu'elle connaissait, en dehors de sa mère. Ce qui l'intriguait encore plus, c'est qu'elle n'arrivait pas à mettre un visage sur cette ombre qu'elle devinait derrière le bébé. Ce n'était pas un mauvais pressentiment qu'elle avait, bien au contraire, c'était juste de l'énervement pour ne pas trouver de réponse à ses questions.

La Jarld ne la laissa pas trop longtemps avec ses questions et lorsqu'elle revint, elle avait un grand sourire aux lèvres.

— Maintenant que nous sommes toutes les deux, suis-moi, s'il te plait.

Béatrix se leva, regarda son verre encore plein.

— Ne t'inquiète pas pour ton verre ! J'ai ma réserve personnelle, et le mien aussi était encore plein.

Béatrix lui sourit et attrapa la main qu'elle lui tendait et se laissa guider, ce qui la fit sourire intérieurement. Elle aimait ces situations où parfois, elle pouvait se laisser aller, ne plus avoir à gérer et simplement se laisser porter. Elle savait pourtant que cela ne durerait pas longtemps, sa nature profonde reprendrait rapidement le dessus et elle aurait besoin de reprendre les rênes en mains.
Mais pour l'instant, elle suivait Gunnveig vers l'arrière salle.
Lorsque la Jarld fit glisser le rideau de laine pour les laisser passer, la Baronne imagina Aubin à sa place, en train de découvrir les appartements de la Jarld. Elle en sourit si fortement que Gunnveig le remarqua.

— Qu'est ce qui te fait sourire ?
— Pour être franche avec toi ?
— Pourquoi ? Tu m'as déjà menti ?
— Rhooo… Ce n'est pas ce que je voulais dire… Et puis non si tu veux une réponse. Donc pour être franche avec toi, j'étais en train de penser à Aubin.
— La première fois qu'il est venu ici ?
— Comment-ça la première fois ?
— Et bien oui, la première fois.
— Parce qu'il y en a eu plusieurs ?

Gunnveig tira la main de Béatrix pour qu'elle franchisse le rideau et se retrouve dans l'antichambre de la Jarld.
Comme l'avait décrit Aubin, la pièce était assez sombre, mais un foyer crépitait près du lit, disposé au fond de la pièce.

— Il y en a eu plusieurs. Tu le connais bien ?

— Je pensais, mais j'ai l'impression de m'être un peu trompée, ou alors qu'il me cache des choses.

— S'il te cache quelque chose, c'est pour te préserver, j'en suis certaine. En attendant la suite, prends un verre, et tu me diras ce que tu penses de ce vin que j'ai fait rapporter d'un des derniers raids.

Béatrix prit deux verres posés sur une étagère contre le mur et les approcha de Gunnveig qui avait ouvert une bouteille de vin. Elle en versa une partie du contenu dans les deux verres avant de remettre le bouchon et de la poser sur la petite table près du lit.
Béatrix en but une gorgée.

— Délicieux, il faudra me dire d'où tu l'as rapporté, que je m'en trouve !

— Pas de soucis, mais nous verrons ça demain, non ?

— Oui, tu as raison.

Gunnveig s'était allongée sur le lit, laissant une place à côté d'elle pour Béatrix qui tournait toujours, observant la pièce et surtout essayait de chasser cette impression concernant la fille de la Jarld.

— Je pensais que je te ferais plus d'effet et que tu sauterais sur l'occasion d'être avec moi.

— Tu me fais toujours autant d'effet, crois-moi.

Et pour prouver ses dires, Béatrix retira la robe qu'elle portait et vint s'allonger sur le lit, vêtue simplement d'une paire de chausses en laine.

Elle ne laissa pas Gunnveig répliquer et glissa sa main entre les jambes de la Jarld, la faisant remonter jusqu'à sa petite chatte.

— Et toi ? Je te fais encore de l'effet ?
— Vérifie par toi-même !

Béatrix glissa un doigt entre les lèvres de Gunnveig. Elle était trempée et elle en profita pour la fouiller doucement, lui laissant échapper quelques soupirs lorsque les deux doigts qu'elle avait enfoncés au plus profond de sa fente appuyaient où il fallait.

— Tu m'as manquée, petite salope.
— Toi aussi tu m'as manquée.

Béatrix enfonça ses doigts encore plus, jusqu'à ce qu'elle ne puisse plus entrer et commença à les faire aller et venir, prenant soin de ne pas les sortir entièrement.
Gunnveig gémissait sous les doigts de Béatrix, la longe jupe complètement retroussée, les cuisses grandes écartées pour permettre à la Baronne d'avoir tout le loisir de jouer.
Elle avait défait son corsage et se caressait les seins pendant que les doigts et la langue de Béatrix s'occupaient de sa chatte.

— Tu vas me faire jouir si tu continues ainsi.
— Laisses-toi aller, tu en as envie, et moi aussi.

Béatrix plongea la tête entre les cuisses de Gunnveig et continua de titiller son clitoris du bout de sa langue tandis que ses doigts continuaient de fouiller entre ses lèvres trempées.

La Jarld gémissait et râlait de plus en plus fort et ses hanches ondulaient au rythme des coups de langue.

Elle se cambra et se crispa en serrant les cuisses sur la tête de la Baronne qui arrêta ses succions et garda ses doigts immobiles tant que sa tête resta enserrée entre les cuisses de Gunnveig. Elle les retira doucement lorsqu'elle sentit la pression se relâcher et qu'elle pût retirer sa tête.

Elle les passa sous sa langue, les lécha et releva la tête pour regarder son amante.

— Tu as toujours aussi bon gout ma petite salope.

— Merci, mais tu arrives à me faire mouiller comme personne.

— Hummmm… Personne, tu es sûre ?

— Comme pas beaucoup alors !

Béatrix éclata de rire et Gunnveig en fit de même.

La Baronne vint se coller contre la Jarld et laissa ses mains passer sur son ventre, ses seins, remonter jusque sur son cou, ses doigts l'enserrèrent doucement pour redescendre ensuite vers ses seins et les malaxer doucement.

— Tu as grossi des seins !

— Non, mais ! Je te rappelle que je viens d'avoir une fille.

— Et ce n'est pas pour me déplaire… Tes seins et ta fille !

Elles éclatèrent de nouveau de rire. Elles avaient l'impression de ne jamais s'être quittées et pourtant cela faisait plus de six mois qu'elles ne s'étaient pas vues et leur rencontre n'avait duré que si peu au goût de toutes les deux.

Gunnveig colla sa main sur le sein gauche de Béatrix.

— Par contre j'ai l'impression que toi tu as perdu !

Béatrix se redressa légèrement.

— Des deux ?

Gunnveig posa son autre main sur le sein droit et commença à les malaxer doucement

— J'en ai bien l'impression.
— Et ?
— Et cela ne me dérange pas, ils sont toujours superbes.

Elle n'attendit pas de réponse et pencha la tête pour poser ses lèvres sur un téton et l'aspirer, laissant échapper un petit gémissement de la bouche de la Baronne.
Gunnveig retira sa bouche, y remit sa main et tout en malaxant doucement les seins de Béatrix descendit sa langue sur son ventre. Lorsqu'elle arriva vers le nombril, et releva les yeux vers Béatrix.

— À mon tour de te faire plaisir, si tu en as envie ?

Pour toute réponse, Béatrix passa sa main sur les cheveux de Gunnveig et poussa doucement sa tête vers le bas pendant qu'elle fermait les yeux et qu'elle reposait la tête sur l'oreiller.
La Jarld ne se fit pas prier et sa bouche termina le chemin qui la menait vers sa destination plus rapidement qu'elle ne l'aurait voulu.

Elle se laissa glisser au pied du lit pour être dans une meilleure position et ses mains quittèrent les seins de Béatrix pour venir lui écarter les cuisses et remonter vers ses lèvres, ses doigts les écartant à leur tour pour que sa langue puisse lécher son petit bouton sans aucune entrave.

Elle commença à le lécher comme si sa vie en dépendait, prenant soin de ne pas trop appuyer mais suffisamment pour que l'effet soit au rendez-vous. Elle le titillait du bout de la langue, pressait dessus, le pinçait entre ses lèvres.

Elle s'appliquait du mieux qu'elle pouvait, s'adaptant aux gémissements et ondoiements de Béatrix qui se laissait aller sous cette langue.

À son tour, elle gémissait et râlait sous les coups de langue, et elle laissait monter le plaisir en elle, sans pour autant le laisser la submerger, elle voulait en profiter, ne pas jouir tout de suite comme elle aurait pu le faire. Elle aurait pu avoir plusieurs orgasmes à la suite, laisser Gunnveig s'occuper de son clitoris avant de profiter de sa chatte et peut-être même de son cul, mais non, pas ce soir. Ce soir, elle laissait les ondes de plaisir la remplir, monter à chaque coup de langue pour redescendre légèrement lorsque la Jarld reprenait son souffle.

Sa respiration était saccadée et ses hanches ondulaient à leur tour sous les coups de langues, ce qui encourageait Gunnveig à continuer comme elle le faisait.

— Continues ! Ne t'arrête pas... J'en profite, cela fait si longtemps !

Gunnveig ne répondit pas et continua de titiller ce bouton tendu sous sa langue, écartant le plus qu'elle pouvait de ses doigts les lèvres pour le dégager et y avoir libre accès.

Sans aucune alerte, la Baronne se laissa aller dans une succession de râles et de petits cris, crispant ses jambes autour de la Jarld.

— Continue, ma petite salope !

Gunnveig continuait de plus belle.

— Fais-moi jouir, la bonne petite chienne que tu es va me faire jouir ! Allez continues, ne t'arrête pas ! Fais jouir ta putain !

Gunnveig marqua un temps d'arrêt puis reprit de plus belle.

— Vas-y petite salope, tu aimes ça lécher ! Tu adores bouffer des chattes et la mienne en redemande !

— Humm oui, petite salope, vas-y ! Ne t'arrête pas, tu vas me faire jouir.

Gunnveig continua, léchant de plus en plus vite, appuyant un peu plus sur le bouton tendu jusqu'à ce que Béatrix se laisse retomber sur le lit, écartant encore plus les cuisses qu'elle ne les avait auparavant et passant ses mains sous sa tête.

Gunnveig attendit quelques instants avant de donner un dernier coup de langue sur le clitoris tout dressé de la Baronne.
Elle releva la tête au même instant pour regarder Gunnveig.

— Mais… Viens là, contre moi !

La Jarld ne posa pas de question et se glissa sur le lit, entre les jambes de la Baronne pour venir se coller contre elle et poser ses lèvres contre les siennes.

Elle les retira quelques secondes plus tard.

— Bienvenue chez moi, Maîtresse.

Béatrix reprenait ses esprits et mit quelques secondes à analyser.

— Tu peux me répéter ce que tu viens de dire ?

— Bienvenue chez moi, Maîtresse... C'est cela que tu voulais entendre ?

— C'est bien ce qu'il m'avait semblé entendre... Viens dormir, on reparlera de tout ça demain.

— Oui.

Gunnveig tira la peau qui pendait sur le coté de lit et les recouvrit toutes les deux.

— Tu ne vas pas avoir froid ? Tu es sûre ?

— Entre toi et la peau, je ne sais pas qui va me réchauffer le plus durant la nuit.

Toutes les deux éclatèrent de nouveau de rire.

— Bonne nuit et fais de beaux rêves.

— Toi aussi.

Elles s'endormirent toutes les deux collées l'une contre l'autre, comme si elles ne s'étaient jamais quittées.

Verdict

Elles se réveillèrent toutes les deux en même temps.

— Tu sais que ce ne serait pas raisonnable de…
— Oui, je sais… Pas maintenant, mais plus tard oui.
— C'est vraiment usant la vie publique parfois.
— Mais nous n'avons pas le choix !

Béatrix se leva la première, enfila ses vêtements et se retourna vers Gunnveig.

— Tu comptes passer ta matinée au lit ?
— Non, mais le soleil n'est pas encore levé chez nous… Tu es décalée, mais ce n'est pas un problème.
— Tu sais très bien que je suis toujours décalée, et pas que pour le soleil.

Elles éclatèrent de rire de nouveau en même temps que la Jarld se levait et s'habillait.

— Tu veux venir voir Hallveig avec moi ou tu as d'autres choses de prévues ?
— Comment pourrais-je avoir des choses prévues alors que je viens d'arriver hier soir et que je te rappelle que je ne suis pas chez moi.
— Te connaissant, c'est étrange que tu n'aies pas tout planifié.
— Et bien pour une fois, tu te trompes. Je suis venue te voir, c'est la seule chose que j'avais prévue.
— Alors viens avec moi.
— Je vais voir comment mes gens ont passé la nuit et je te rejoins.

Béatrix déposa un baiser sur les lèvres de la Jard et quitta la pièce.

Gunnveig finit de s'habiller et sortit à son tour.

Béatrix trouva Brynja et Amaury en train de discuter dans la grande salle, assis tous les deux l'un à côté de l'autre.

— Bonjour Madame, avez-vous bien dormi ?

— Bonjour, oui et vous ?

— Ça a été, Madame. Ce n'est pas la douceur des contrées de Rustre Bois, même s'il n'y fait pas si doux que cela.

— Il va falloir t'y habituer pour quelques temps, nous ne repartons pas tout de suite.

— Je vais essayer, Madame.

— En attendant, va me chercher Roland et le reste de la troupe. Je veux tout le monde opérationnel quand je reviendrai ici.

— J'y vais de ce pas, Madame.

— Viens, Brynja, allons rendre une petite visite à Hallveig.

— Oui, Madame.

Les deux femmes sortirent d'un côté de la salle tandis qu'Amaury franchissait les grandes portes d'entrée.

La Baronne ne tarda pas à trouver la maison en bois que lui avait indiquée la Jarld.

Elle frappa et sans attendre qu'on lui dise d'entrer, poussa la porte pour se retrouver face à Gunnveig, installée dans un fauteuil à bascule, les seins à l'air, en train de donner la tétée à sa fille.

De l'autre côté de la pièce, une femme blonde, la trentaine à première vue, fit son apparition et s'arrêta net en voyant la Baronne et Brynja.

Elle se dirigea vers Gunnveig et lui chuchota quelque chose à l'oreille.

— Apporte donc deux chaises pour nos invitées, elles seront mieux assises plutôt que de rester debout.

— Bien, Madame.

Béatrix avait compris la réponse à force d'avoir entendu Erika le dire et les quelques notions de Nordien qu'elle connaissait lui permettait d'arriver à interpréter quelques phrases.

La nourrice revint quelques instants après et posa deux chaises près de Gunnveig. Béatrix et Brynja s'y assirent.

La Baronne était replongée dans ses pensées en regardant la petite Hallveig, même si elle arrivait à répondre aux questions de Brynja et de Gunnveig. Celle-ci s'en rendit vite compte.

— Qu'est-ce qui te préoccupe ainsi ? Tu sembles perdue dans tes pensées ?

— Rien de bien méchant. Je cherche simplement à trouver à qui ta fille me fait penser.

— Ben…À moi, quelle idée !

Béatrix éclata de rire. Hallveig tourna la tête vers elle et lui sourit également.

— Bien sûr, mais elle me fait penser à quelqu'un d'autre, quelqu'un que je connais bien, sinon ça ne m'aurait pas perturbée à ce point.

Gunnveig n'eut pas le temps de répondre à Béatrix. Un bruit s'échappa des langes d'Hallveig.

— Je crois que tu lui fais de l'effet, mais je ne sais pas si je dois te remercier, il va falloir que je la change.
— Pour me faire pardonner, je vais t'aider !

Les deux femmes se levèrent, Brynja qui ne voulait pas être en reste, fit de même et la nourrice étendit un drap sur la table.
Gunnveig y déposa sa fille et défit les langes. Elle la nettoya avec une serviette humide.

— Laisse-moi t'aider.

Gunnveig se décala pour que Béatrix soit face à la petite fille. Elle continua de la nettoyer, lui souleva les pieds, lui fit quelques chatouilles pour la faire sourire. Elle continua et lui passa la serviette humide sur la nuque. Lorsqu'elle aperçut cette tache derrière son oreille, elle ne peut s'empêcher de se pencher pour l'observer.

— Qu'est-ce-qui se passe ?
— Regarde, ne me dis pas que tu ne l'avais pas vu ?
— Oui, c'est une tache de bénédiction des Dieux.
— Tu as vu la forme qu'elle a ?
— Cela ressemble étrangement à une épée, non ? Enfin on peut faire dire ce qu'on veut à un dessin.
— Tu l'as dit toi-même, une forme d'épée. Elle est encore petite, mais je suis certaine que la tache prendra une forme plus définie lorsqu'elle grandira.
— Et ? Qu'est-ce que cela signifie pour toi ?

— Rien, pour l'instant, nous en reparlerons plus tard.

Béatrix remit les langes à Hallveig, referma la peau de renard qui la gardait au chaud et la prit dans ses bras. Elle l'embrassa sur le front avant de la rendre à sa mère tout en lui chuchotant

— Tu portes sur toi la marque de ta destinée ma petite, souviens toi en. Et si tu ne t'en souviens pas, j'espère être encore là pour te le rappeler.

— Vraiment tu m'inquiètes avec tes paroles !

— Rassures-toi, il n'y a rien de mal, au contraire même. Jamais je n'aurais pensé cela et il risque d'y avoir de nombreux changements dans nos vies.

— Des changements ? Allez ! Dis-moi tout, tu en as déjà trop dit pour me faire languir encore plus.

— Je vais le faire, mais avant, je veux que nous ne soyons que toutes les deux pour cette conversation.

— J'ai confiance en mes gens.

— Ce n'est plus de la confiance à ce niveau… Brynja, tu veux accompagner la nourrice d'Hallveig chercher du vin blanc ? Et même si tu ne veux pas, tu y vas ! Prenez votre temps toutes les deux.

Brynja n'essaya pas de discuter. Elle ne connaissait pas Béatrix depuis très longtemps, mais elle savait que ce n'était pas le moment et qu'il fallait mieux qu'elle obéisse.

Elle sortit donc, suivant la nourrice qui avait reçu les mêmes ordres de la part de Gunnveig.

La Baronne attendit quelques instants, reprit son souffle et se lança dans ses explications.

— Alors, tu m'expliques ?

—Quand as-tu accouchée ?

— Avant les fêtes de Yule, pourquoi cette question ?

— Et donc, quand serais-tu tombée enceinte ?

Gunnveig réfléchi rapidement.

— Durant l'été dernier, pourquoi ?

— Tu as baisé avec beaucoup d'hommes cet été ?

— Je ne sais plus, je ne compte pas, tout comme toi je pense.

— Je sais qui fourre sa queue en moi !

— Moi aussi, mais il faut que je me les rappelle tous, ca fait plus de dix mois.

— Repense surtout à ceux qui ont jouis en toi !

— Je dirais aucun car c'est une chose que je me refuse. Mais il doit y en avoir un qui est passé entre les mailles du filet, sinon Hallveig ne serait pas là.

— Oui, et qui aurait pu, à ton avis ?

— Je ne sais pas, franchement ! Tu m'énerves, si tu le sais dis le moi !

— Roland.

— Roland ? Ton Roland ?

— Mon, enfin oui, le Roland que nous connaissons toutes les deux et qui t'as baisée la nuit où nous nous sommes rencontrées.

— Oui, c'est vrai qu'il l'a fait, comme d'autres.

— Sauf qu'il s'est vidé les couilles au fond de toi.

— Mais ce n'est pas pour cela que ça fait de lui le père d'Hallveig, il y a pu en avoir d'autres durant cette période.

— Je te l'accorde. Mais Roland a une chose que les autres prétendants au titre de père n'ont pas.

— Quoi ? Une Maîtresse qui va prouver leur légitimité ?

— Ça aurait pu être une bonne réponse, mais ce n'est pas ça… Et arrête, je ne suis pas là pour te faire du mal, tu le sais bien, alors arrête d'être sur la défensive.

— C'est toi qui m'y pousses à ne pas vouloir me dire ce que tu sais.

— Désolée, ce n'était pas mon envie, je voulais simplement te faire comprendre pourquoi c'était Roland le père… Je vais te faire un rapide résumé. Roland a une tache de naissance derrière l'oreille, tout comme Hallveig.

— Beaucoup de personnes ont des taches de naissance.

— Ne me crois pas, mais il y a tache et tache. Roland en a une à peu près au même endroit que ta fille. Celle de Roland représente à s'y méprendre à une épée. Le dessin est net. Ta fille à la même tache, encore un peu floue car elle est petite, mais je suis persuadée qu'en grandissant, elle va s'affiner.

— Bien, on a deux taches de naissance ?

— Sans compter que le moment de ta fécondation correspond à l'époque où tu as été remplie par Roland.

Gunnveig se laissa aller dans son fauteuil, calant sa fille contre elle. Elle ferma les yeux de longues secondes avant de les rouvrir et de regarder Béatrix.

— Donc pour toi, Roland est le père d'Hallveig, ce que je peux concevoir, si je suis tes explications. Est-il au courant ?

— Comment voudrais-tu qu'il y soit ? Je viens de trouver la réponse à cette question qui me préoccupe depuis que j'ai vu ta fille.

À qui ressemble-t-elle ? Et bien regarde là, elle a tes traits, c'est indéniable. Elle a aussi les traits de Roland, et cela, tu ne peux pas le nier non plus.

— Peut-être oui, en cherchant vraiment.

— Tu comprends pourquoi il va y avoir de nombreux changements.

— Béatrix… Qu'allons-nous devenir ? Tant que le père de ma fille n'était pas connu, je pouvais continuer à gérer, personne ne me prêtait ombrage et ma descendance était assurée, plus besoin de mariage arrangé, plus besoin d'alliance. Mais Roland n'a aucune légitimité sur nos terres et même si je reconnais officiellement et publiquement que c'est le père d'Hallveig, que va-t-il se passer ?

— Je ne peux te le dire tant qu'il n'est pas au courant. Mais je suis persuadée que je vais perdre le commandant de mes armées et que tu vas gagner un époux.

— Si c'est ainsi, je ne veux pas que tu sois perdante.

— Comment cela ?

— Si Roland veut rester près de moi et sa fille, alors je trouverai quelqu'un pour le remplacer. Et cela fera du bien à Erika d'avoir quelqu'un du Nord près d'elle. Comment va-t-elle ?

— Elle va bien, même très bien. Je dois t'avouer que si elle n'est pas présente, c'est que je n'ai pas voulu qu'elle vienne. Elle avait d'autres tâches durant mon absence.

— Alors je descendrai la voir au Domaine.

— Pas pour l'instant, ta fille est encore trop petite pour supporter le voyage.

— Tu douterais de sa force ? Elle tient, d'après tes dires de Roland et de moi. Elle ne peut être que force.

— C'est vrai, je ne peux pas le nier, mais attends encore un peu, s'il te plait pour venir au Domaine avec elle.

Si Hallveig est trop petite, elle ne se souviendra de rien, et j'aimerai qu'elle garde sa visite dans ses souvenirs.

— Mais je ne vais pas attendre des années pour te revoir !

— Je reviendrai, soit en certaine. Et tu devrais avoir Roland à tes côtés maintenant.

— Encore faut-il qu'il veuille rester ici.

— Il le fera, crois-moi ! Roland n'est pas comme beaucoup peuvent le penser, il est fidèle et sincère.

— Fidèle ?

— Je me suis mal exprimée. Dévoué plutôt, même si ce n'est pas non plus le terme que je cherchais. Disons que ses sentiments sont vrais, ce qui ne l'empêche pas d'aller baiser à droite ou à gauche, comme tout homme ou toute femme. Par contre il est droit.

— Comme tous les hommes.

— Non, ce que je voulais te dire c'est que, tout comme toi ou moi, il y a une différence entre sexe et sentiments.

— C'est vrai.

— Et Roland a la notion de cette différence, il a eu du mal au départ, mais à l'heure actuelle, je pense qu'il arrive à faire la différence. Donc c'est pour cela que je te dis qu'il est fidèle.

— Tu le penses vraiment ?

— Si je te le dis, c'est que je le pense !

— Mais comment va-t-il prendre cette nouvelle ?

— Ça, je ne peux pas te le dire, je ne le sais pas.

— Tu es certaine de ce qui tu dis à propos de lui ? Pour ma fille ?

— Je ne l'aurais même pas évoqué si je n'en étais pas certaine. Tu n'imagines même pas tout ce que cela peut impliquer.

— J'en ai une vague idée.

— Une vague, car cela risque d'avoir des conséquences bien au-delà de toi et ta fille.

— Explique-moi.

La Baronne n'eut pas le temps de se lancer dans son explication. La porte s'ouvrit, laissant apparaitre Brynja et Anja. Elles s'avancèrent et chacune tendit un verre de vin blanc à sa Maîtresse puis posèrent la jarre qu'elles portaient à terre.

— Nous n'avons pas pris assez de temps, Madame ?

Brynja avait croisé le regarde de Béatrix. Celui-ci était passé du noir de colère à un ton plus doux en un si bref instant que la jeune femme avait cru rêver.

— Plus long, le vin se serait réchauffé, non ?

Béatrix se retourna vers Gunnveig.

— Nous continuerons cette discussion plus tard.
— Oui, tu as raison.

La Jarld trinqua avec la Baronne et redonna sa fille à Anja. Elles vidèrent leurs verres et les posèrent sur la table.

— Viens, Brynja ! Et n'oublie pas la jarre de vin !
— Oui, Madame.

Toutes les trois sortirent pour retourner vers la grande salle.

Béatrix espérait qu'Amaury ait eu du mal à ramener Roland, mais au fond d'elle-même, elle n'y croyait guère.

Elle savait que malgré le caractère ronchon que Roland pouvait se donner, il répondait toujours à ses demandes.

Elles entrèrent et trouvèrent toute la troupe de la Baronne attablée,

Toutes les têtes se tournèrent à leur entrée.

Elles firent comme si ne rien n'était et s'installèrent à la table centrale. Béatrix fit signe à Roland qui se leva, tenant sa chope à la main et s'avança vers la Baronne.

— Madame ?
— Viens, il faut que l'on parle.

Béatrix se releva, regarda Gunnveig.

— Viens avec nous.

Roland posa sa chope de bière sur la table et suivit Béatrix et Gunnveig derrière le rideau qui séparait la grande salle des appartements de la Jarld.

La Baronne s'assit sur le fauteuil de la Jarld, sans même lui demander l'autorisation. Gunnveig ne s'en offusqua pas le moins du monde et prit deux autres sièges et les approcha de Béatrix, s'assit sur l'un et attendit que Roland fasse de même sur l'autre.

— Que se passe-t-il, Madame ?
— Il fallait que l'on te parle.

— On ?

— Gunnveig et moi.

— Et de quoi vouliez-vous me parler ? Mes hommes ont commis des impairs ?

— Non, ce n'est pas des hommes dont nous voulions parler, mais de toi.

— Moi ?

— Oui, toi.

Béatrix regarda Gunnveig.

— Je ne vais pas y aller par quatre chemins, tu es le père d'Hallveig.

Roland regarda à son tour Gunnveig, cherchant dans son regard l'infirmation des propos de Béatrix, vers qui il se tourna, les yeux interrogateurs.

— Ce n'est pas possible, Madame !

— C'est pourtant le cas, mon Roland.

— Comment pouvez-vous en être si certaine, Gunnveig et moi n'avons couchés ensemble que lors de cette soirée l'été dernier, et je pense qu'elle a eu d'autres hommes depuis.

— Certainement, et elle seule pourra te répondre là-dessus, par contre j'aimerais que tu lui montres quelque chose ?

— Quoi, Madame ? Je pense qu'elle a tout vu de moi.

— Relève tes cheveux et montre lui ta tache de naissance, derrière ton oreille.

— Si cela peut vous faire plaisir, Madame. Mais je ne vois pas …

Il ne termina pas sa phrase, interrompu par Gunnveig.

— La même, oui ! Tu avais raison.

— La même quoi ?

— Tache de naissance que Notre fille.

— Comment cela ?

— Hallveig a la même tache de naissance que toi, au même endroit.

— Merde, je suis son père ?

Béatrix se leva et s'approcha de Roland, se mit accroupie devant lui.

— Et oui, mon Roland, tu es le père d'Hallveig.

— Madame, s'il vous plait, relevez-vous.

Béatrix ne l'écouta pas.

— Si tu savais comme je suis heureuse pour toi…

Elle lui souriait tout en laissant ses derniers mots s'éteindre dans un chuchotement.

— Madame, je sais que cela contrarie sûrement vos plans.

— Maintenant que nous sommes tous les trois et que nous sommes tous au courant, je vais te répondre. Cela ne contrarie pas du tout mes plans, bien au contraire.

Gunnveig et Roland la regardèrent, interrogateurs alors qu'elle se relevait pour retourner s'assoir sur le fauteuil.

— Vous savez que je vous adore tous les deux, il n'y a pas grand monde dans mon cercle intime et vous en faites partie.

— Merci, Madame… Mais ?

— Il n'y a pas de mais, juste que ce qui arrive, je l'ai voulu, je l'ai désiré, et que j'en suis ravie.

— Merci, mais tu n'avais pas l'air si ravie toute à l'heure ?

— Je l'étais, je n'avais seulement pas envisagé tout ce qui s'est produit depuis cette nuit d'été et qui a changé ma vision des choses.

— Comment ça ?

— Roland, te rappelle-tu de cette fameuse soirée ?

— Oui, Madame, comme si c'était hier !

— Et toi, Gunnveig ?

— Aussi, oui.

— Alors, Roland, si tu t'en souviens bien, qui t'as demandé de ne pas te retirer et de te vider au fond de Gunnveig ?

— Vous, Madame !

— Oh ! Mais tu voulais qu'il me fasse un enfant ?

— Oui !

— Tu as tout manigancé ! Comment peux-tu comploter ainsi ? Tu me dégoutes, là !

Gunnveig se leva pour sortir.

— Assied toi !

La Baronne avait tellement mis de fermeté dans sa voix que la Jarld reprit sa place.

— Ecoute-moi, s'il te plait.
— Je n'ai pas le choix !

— Je l'ai fait pour vous deux. Tu n'avais personne, Roland non plus. Certes, ce n'est pas ni un noble, ni un Nordien tel que tu l'entends, mais c'est par la malchance du destin.

— Que voulez-vous dire par destin, Madame ? Ma mère était pauvre et mon père est mort avant que je ne puisse me souvenir de lui.

— Tu n'as vraiment aucun souvenir de lui ?

— Non, Madame.

— Et qu'est-ce que ça peut faire ? Tu as comploté dans notre dos ! Tu nous aurais demandé, je n'aurais peut-être pas refusé !

— On verra ça plus-tard ! Ton père, Roland, n'était pas le pauvre hère que ta mère t'as fait croire.

— J'ai du mal à vous croire, Madame.

— Ton père était important, tout comme le père de Gunnveig. Ils se connaissaient et ont guerroyé ensemble.

— Qu'est-ce que mon père vient faire là-dedans ?

— Roland n'est pas encore au courant, ma belle, et ce n'est pas le moment, mais ton père et le sien étaient... frères d'armes. Roland est de descendance Nordienne. Sa mère, certes, n'est pas Nordienne, mais son père si.

— Alors pourquoi ma mère ne m'a rien dit et que nous avons vécu dans la pauvreté toute mon enfance ?

— Pour te sauver et te préserver. Ton père n'est pas mort d'un accident comme on te l'a fait croire, mais il a été assassiné.

— Assassiné ? Mais par qui ?

— Je ne connais pas la main qui a exécuté la sentence, mais je connais les commanditaires, ce sont les mêmes que ceux qui ont provoqué la mort de ton père, Gunnveig.

— Il faut que je les retrouve et que je le venge, Madame !

— Roland… Ta vengeance arrivera, crois-moi, et je t'y aiderai, comme je t'aide depuis des années.

— Vous m'aidez ? Je sers plutôt vos intérêts, non ?

— Certes, mais nos intérêts se rejoignent.

— Je ne comprends pas là !

— Je t'expliquerai un peu plus tard. Pour l'instant, j'aimerais que tu me dises si tu es heureux d'être le père d'Hallveig.

— Oui, même si je suis encore sous le choc !

Béatrix se tourna vers Gunnveig et c'est le regard complètement adoucit qu'elle commença à lui parler.

— Il y a des choses que je ne peux dévoiler pour l'instant, tant que Roland n'est pas encore au courant.

— Alors dis-lui, sinon, c'est moi qui le ferai.

— Plus-tard, mais nous lui expliquerons toutes les deux, fais-moi confiance.

— Comment pourrais-je te faire confiance après ce que tu viens de m'annoncer.

— S'il te plait, laisse-moi t'expliquer…Ta vengeance et celle de Roland viendront, en même temps, si vous m'écoutez et que vous suivez ce que je vous dis.

— Allez, que vas-tu encore inventer ?

— Rien… Tu connais bien Aubin ?

— Oui, bien sûr, c'était un ami de mon père et il m'a soutenue à la mort de celui-ci.

— Tu lui fais confiance ?

— Oui, plus qu'à toi, maintenant !

— Et tu sais qui est Aubin pour moi ?

— Non, il ne m'a pas parlé de toi vraiment, juste qu'il te connaissait.

— Aubin est le père de ma fille, Morgane.

— Aubin ?

— Oui, Aubin. Je ne l'ai appris que dernièrement, je n'ai appris aussi l'existence de Morgane que dernièrement, je la croyais morte depuis des années… Mais ça c'est une autre histoire. Ce que je voulais te dire, c'est même si Aubin m'a raconté ton histoire, je la connaissais déjà depuis longtemps.

—Et tu as voulu que je sois enceinte par bonté d'âme ?

Béatrix se leva et s'approcha de Gunnveig, lui prit les deux mains.

— Non, mais nous avons des ennemis communs, et ta fille sera le moyen de te venger, en partie… L'autre partie, je m'en charge.

— Comment ça ?

— Les ennemis de ton père, ceux du père de Roland, et par là même, vos ennemis, ne souhaitent qu'une chose. C'est que leurs lignées, les vôtres, s'arrêtent. Quel retournement de situation vous leurs faites avec Hallveig !

— Et tu penses que ça va effacer le fait que tu te sois jouée de nous ?

— Je suis navrée que tu le prennes ainsi et que tu ne comprennes pas que c'était dans votre intérêt.

— On va dire ça…

Roland regarda Béatrix pendant que celle-ci s'asseyait de nouveau sur le fauteuil.

— Donc si j'ai bien compris, mon père et celui de Gunnveig avaient un secret en commun ?

— Oui, Roland. Mais si cela ne te dérange pas, nous en discuterons un peu plus tard. J'aimerais cependant savoir si, après ce que tu viens d'apprendre, tu comptes rester près de Gunnveig et ta fille ?

— Là, dans l'immédiat, je n'en sais rien, je n'y ai pas réfléchi, mais c'est vrai que, si Gunnveig l'accepte, j'aimerais rester auprès de ma fille.

— Bien-sûr que tu peux rester avec nous !

— Mais j'ai des engagements avec vous, Madame.

— Tu penses que je n'y avais pas songé ? Je me débrouillerai et si la proposition de Gunnveig tient toujours, tout devrait bien se passer au domaine.

— Quelle proposition ?

— Je lui ai dit que si tu restais près de moi, je laisserai un de mes hommes te remplacer à la tête de son armée.

— Et tu le penses toujours ?

— Oui, je n'ai pas envie que tu repartes, je veux que tu restes près de nous.

— Alors, je pense que vous avez ma réponse, Madame.

— Bien. Il va falloir annoncer cela maintenant.

— Je m'en charge, si vous n'y voyez pas d'objection. Il faut que cette annonce soit bien accueillie par mon peuple et il va falloir que je trouve les bons mots.

— Tu veux qu'on te laisse tranquille pour y réfléchir, j'en profiterai pour expliquer son histoire à Roland ?

— Si tu veux.

La Jarld se leva et s'approcha de la Baronne, posa ses mains sur les accoudoirs du fauteuil et déposa un baiser sur ses lèvres.

— Tu m'énerves, mais je t'adore.

— Moi aussi, je t'adore.

Gunnveig n'attendit pas d'autre réponse, se retourna et passa à coté de Roland tout en laissant glisser sa main entre ses cuisses avant de quitter la pièce.

Béatrix attendit que le Jarld quitte la pièce et se tourna vers Roland.

— Par où veux-tu que je commence ?

Vulnérables

La Baronne avait rapproché son fauteuil de la chaise de Roland. Elle n'avait pas envie de crier sur les toits ce qu'elle allait lui annoncer et préférait parler à voix basse, même si elle ne doutait pas de l'intégrité des hommes et des femmes de la Jarld, elle voulait prendre le moins de risque possible.

— Je pense qu'il faut que je te raconte toutes nos origines.
— Nos ?
— Oui car nous sommes liés par nos origines.

Béatrix se lança dans une longue explication remontant à la nuit des temps, cette même explication qu'elle avait faite quelques mois auparavant à Morgane.
Roland ne bronchait pas, écoutant sans l'interrompre. Béatrix savait qu'il était en train de mémoriser le moindre détail de ses paroles.
Elle marqua une pause lorsque son histoire entra dans la période qui les concernait tous les trois.
Roland lui fit signe de continuer, il avait hâte d'en savoir plus.
La Baronne lui raconta son enfance, son adolescence, le rôle d'Aubin, la naissance et la mort de Morgane, son retour.

— Et toi dans tout cela, tu vas me dire ?
— Oui.
— Je t'ai parlé de notre société, je t'ai dit aussi qu'il y en avait une autre qui avait pris le parti de nous servir au départ, afin de nous protéger. Ta famille ainsi que celle de Gunnveig font partie de cette société. À notre différence, cette société est principalement restée dans le Nord, à l'exception d'une ou deux familles qui ont suivi pour s'installer dans des climats moins hostiles.

— Donc mon père… protégeait une de vos familles ?

— Ton père ainsi que celui de Gunnveig faisaient partie de ce que l'on peut appeler un directoire. Il y avait cinq autres membres et ce directoire statuait sur certaines prises de positions, les manières de régler certains problèmes, la façon dont ils devaient agir afin de ne pas trop éveiller les soupçons, et surtout comment faire pour que notre société reste toujours secrète.

— C'est eux qui faisaient les basses besognes si vous aviez des problèmes en quelque sorte.

— Oui… et non. Depuis des générations, nous avions trouvé un équilibre dans nos façons d'agir, jusqu'à ce qu'un nouveau membre fasse son entrée. C'était le fils d'un homme influent du directoire et il avait pris la place de son père à sa mort. Il n'était pas en accord avec notre, votre notion des règles, et tout ce qui en découlait. Ton père s'y est opposé ouvertement et cela n'a pas plus au petit nouveau, plein de nouvelles idées pour révolutionner nos mondes. Ta mère venait d'accoucher lorsqu'il fit empoisonner ton père. C'est pour cela que tu n'as aucun souvenir de lui.

Roland se leva de son siège.

— Donnez-moi son nom que j'aille venger mon père !

— Assieds-toi, cela ne servirait à rien ainsi et tout Roland que tu es, il est très bien entouré.

Roland se rassis, un peu à regret.

— Alors comment faire pour venger mon père ?

— Laisse-moi terminer et tu comprendras.

— Si vous le dites !

— Roland… Tu m'as toujours fait confiance, alors continues… Donc ton père a été empoisonné. Ta mère a réussi à échapper au carnage qui a suivi en t'emportant et en te cachant dans un petit village loin de la cité où elle avait vécu. Ce n'est pas à moi, ni à ma mère qu'elle a raconté son histoire mais à la famille que ton père devait normalement protéger. Cette famille était celle représentée chez nous par la lettre A. Donc si tu as bien suivi, la plus importante de notre communauté. A n'a rien voulu savoir, prétextant que ce n'était pas de son ressort et que cela regardait votre communauté. Ta mère est restée dans l'anonymat le plus complet, t'élevant comme elle le pouvait avec la vie que tu as connue.

— Et vous, comment avez-vous su pour moi ?

— Ce n'est pas moi, mais ma mère. Elle s'inquiétait de ne pas avoir eu de nouvelles de ta mère et de toi, car l'assassin de ton père s'était bien vanté de l'avoir tué, mais n'avait fait aucun cas de ta mère ou de toi, et tout le monde, dans notre société avait été informé du massacre qu'il y avait eu. Elle s'est mise en tête de te rechercher, sans bien sûr en informer A. Quand j'y repense, ce n'est pas ma mère pour rien, je lui dois vraiment tout ce que je suis aujourd'hui… Enfin, bref, elle a réussi à retrouver ta mère quelques années avant sa mort. Toi et moi n'étions que des enfants à cette époque, mais l'enseignement de ma mère est gravé au fond de moi ainsi que dans les manuscrits qu'elle m'a légués.

— Et c'est comme cela que vous m'avez retrouvé ?

— Oui, Roland. Depuis que je suis enfant, j'entends parler de toi et qu'il fallait veiller sur toi car ton père était mort parce qu'il avait veillé sur nous et que, même si à l'époque, nous n'avions rien pu faire, sa descendance devait être protégée. Et ce, sans que personne d'autre que notre famille ne le sache car il y avait déjà eu assez de morts.

— Donc vous m'avez sauvé ?

— Roland, ne prends pas tout au pied de la lettre. J'ai toujours eu un œil sur toi, depuis que ma mère m'a parlé de toi… Comme j'ai un œil sur d'autres personnes, mais c'est une autre histoire.

— Et votre œil ne vous a pas dit que votre fille n'était pas morte ?

— Aubin avait toute ma confiance, tout mon amour et j'ai cru ce qu'il m'a dit, sans chercher à vérifier ses dires. Mais tu marques un point.

— Alors pourquoi devrais-je croire ce que vous me dites à propos de mon père ? À propos de vous ?

— Je connais ta vie, Roland, et si nous étions au domaine, je pourrais te montrer que j'ai raison.

— Et comment ?

— Ta tache de naissance. Elle n'est pas anodine, elle se transmet de génération en génération. Ton père l'avait, ton grand-père et son père également, et tout cela est écrit dans un des manuscrits gardés précieusement au domaine.

— Si vous le dites… J'aimerais pouvoir vérifier lorsque je rentrerai au domaine.

— Pas de soucis, je te montrerai çà, ainsi que d'autres choses si tu en as envie.

— Et le père de Gunnveig ?

— Pour le père de Gunnveig, comme tu le sais sans doute, c'est beaucoup plus récent, mais ce fût les mêmes causes que pour ton père. Il s'est embrouillé avec celui qui avait empoisonné ton père et il a subi le même traitement. À la seule différence, c'est que cette fois-ci, la famille de Gunnveig ne servait pas celle de A mais celle d'Aubin, et qu'il a réussi à éviter le massacre qui avait été ordonné pour ta famille.

— C'est pour ça qu'elle a réussi à prendre sa suite ?

— Oui, même si je dois te l'avouer, Aubin a voulu me faire croire qu'il l'avait rencontré par hasard alors qu'il surveillait Morgane et que je l'ai laissé croire, je connais sur le bout des ongles nos histoires.

— Et donc ce n'était pas un hasard cette nuit d'été ?

— Loin de là. Vous rapprocher tous les deux, unir vos deux familles pour pouvoir venger la mort de vos pères.

— Et que nous vous en soyons reconnaissants !

— Oui, c'est vrai… Tu me connais…

— Je vous connaissais, Madame. Après tout ce que je viens d'apprendre, j'ai vraiment l'impression d'avoir une autre personne en face de moi.

— Roland ! Je suis toujours la même, celle que j'ai été et que je serai encore jusqu'à la fin de ma vie. Tu as maintenant certaines réponses aux questions que tu t'es sûrement posées sur moi depuis longtemps.

— J'ai des réponses, mais j'ai encore plus de questions à votre sujet.

— Il y en a auxquelles je ne pourrai répondre, même si j'en avais envie, il faudra que tu l'acceptes. Pour les autres, il n'y a aucun problème.

— Alors j'en ai une, et à celle-là, je voudrais une réponse.

— Laquelle ?

— Pourquoi Gunnveig et moi ? Qu'allez-vous en tirer ?

— Ça fait deux questions Roland ! Mais je vais y répondre.

En commençant par la première... Et elle risque d'être assez longue.

— Nous avons le temps, Madame.

— Pourquoi toi et Gunnveig... Ce qui veut sûrement dire pourquoi pas d'autres, car si je suis ton raisonnement, il doit bien y avoir eu d'autre assassinat dans nos confréries... Pour deux choses. La première est que je déteste que l'on se moque des traditions, et en empoisonnant vos pères, c'est ce qui s'est passé. Tu sais comme j'y suis attachée et nos traditions, les nôtres comme les vôtres, construisent ce que nous sommes actuellement. Il ne faut pas vivre dans le passé, ce n'est pas ce que j'ai dit, mais il ne faut pas le renier non plus, et la transmission de nos traditions est importante. En voulant les détruire, l'assassin de vos pères a fait une grave erreur. Cette erreur n'a pas été relevée par A, car comme je te l'ai dit, A est vieillissant et même à l'époque de ton père, il avait déjà des idées vieillissantes, mais je te parlerais de lui une autre fois. Donc ton histoire et celle de Gunnveig ne doivent pas sortir de nos traditions.

— C'est une réponse à ma première question, Madame.

— Et pour la deuxième, disons que pour l'instant c'est une satisfaction personnelle, je ne sais pas où cela nous emmènera et si vous suivrez mes directives, mais si c'est le cas, alors oui, vous allez m'aider à réaliser mes projets.

— Et bien sûr, vous n'allez pas me dire quels projets.

— Non, Roland... Même si j'en avais envie, même si j'avais envie de les partager avec tous ceux qui me sont proches, moins ils en savent, mieux c'est pour eux, car je n'ai pas envie de les perdre parce qu'ils en savent trop.

— Au moins un indice ?

— Juste un mot alors… Changement… Mais je ne t'en dirais pas plus. Ce que je veux par contre te dire, c'est que je suis heureuse que tu restes auprès de Gunnveig, que tu restes auprès de ta fille et que j'espère qu'elle pourra avoir ses terres à elle.

— Comment cela, Madame ?

— Qu'elle aura ses terres à elle. Pas celles de Gunnveig.

— Et les miennes ?

— Roland ! Les tiennes ont été annexées depuis bien longtemps.

— Mais avec votre aide, je pourrais les recouvrer et les léguer à Hallveig.

— Je n'en ai pas le pouvoir pour l'instant, c'est pour cela qu'il faut trouver de nouvelles terres pour Hallveig.

— De nouvelles terres ? Il n'y en a pas, Madame, toutes les terres connues sont déjà occupées.

— Tu as raison, toutes les terres connues… Mais que fais-tu des terres inconnues ?

— Les terres inconnues ? Celles qui sont chantées par les bardes ? Celles qui sont contées dans les légendes ?

— Roland… Tout a une part de vérité, il suffit de savoir la trouver.

— Et vous allez me dire que vous l'avez trouvée ?

— Pas forcément, mais j'ai des pistes.

— Alors donnez les moi et j'irai conquérir ces nouvelles terres pour ma fille.

— Du calme, Roland, je t'ai dit que ce n'était que des pistes.

— Et d'où viennent ces pistes ?

— D'anciens récits de voyageurs.

— Ils sont fiables ?

— Si tout ce que je viens de t'expliquer te parait fiable, alors oui, ils le sont. Dans le cas contraire, oublie-les

—Ils sont fiables alors pour moi. Où puis-je les trouver, Madame ?

— Ils sont dans la bibliothèque du domaine.

— Il va donc falloir que je rentre pour les consulter.

La Baronne se pencha en avant, attrapa les mains de Roland et pressa entre les siennes.

— Ne sois pas pressé, tout arrive lorsque c'est le moment. Il ne sert à rien de vouloir précipiter les choses. Profite de ta fille, ici, maintenant. Pour les documents, je te les ferai transmettre lorsque le moment sera venu.

— Mais, c'est maintenant que j'en ai besoin, pour me mettre en marche pour ces nouvelles terres.

— Roland, tant que ta légitimée n'est pas approuvée, tu ne peux rien faire. Et tu ne peux pas lever une troupe pour aller explorer ces nouvelles terres.

— Combien de temps vais-je devoir patienter ?

— Ça dépendra de Gunnveig.

— Comment cela, Madame ?

— Tout dépend comment Gunnveig arrive à gérer la situation.

— Et vous ne voulez pas m'en apprendre plus en attendant, Madame ?

Béatrix s'enfonça dans son fauteuil.

— Que veux-tu savoir de plus ?

— Ce que vous voudrez bien me dire, si vous avez plus d'informations sur mon père et ma mère, Madame.

— Je n'ai pas grand-chose de plus que ce que je t'ai déjà dit. Celui qui en aurait peut-être plus, c'est A. Mais il est hors de question que j'aille lui demander.

— Pourquoi cela, Madame ? Il est de votre confrérie si j'ai bien compris, donc il devrait répondre aux questions que vous lui posez.

— Je t'ai parlé de l'histoire, Roland. L'histoire s'arrête avec lorsque les personnes sont mortes, ensuite celui devient du contemporain. Pour le reste, tout ce qui se passe actuellement, c'est une autre… histoire. Et pour diverses raisons, je ne vais pas aller questionner A sur ta jeunesse, sur la vie de ton père.

— Alors laissez-moi le faire, Madame.

— Je te l'interdis. Pour ta survie, celles de Gunnveig et d'Hallveig, écoute-moi et ne fait rien sans me concerter.

— Je vous fais confiance, Madame, comme je l'ai toujours fait depuis que nos pas se sont croisés.

— Tu peux continuer, même si parfois il te semble que j'agis contre tes intérêts, rappelles-toi toujours que nos destins sont liés.

— Je ne l'oublie pas, Madame.

— Alors vas chercher Gunnveig et reviens avec elle ici.

— Bien, Madame.

Roland se leva et sortit de la pièce. Béatrix le regarda et attendit qu'il disparut pour se lever. Elle se déshabilla, posa sa robe et ses chausses sur le fauteuil et se glissa sur le lit.
Elle avait envie de les sentir tous les deux, contre elle, en elle. Elle hésita quelques secondes et choisit de se mettre à quatre pattes, tout en regardant l'entrée de la pièce.

Roland apparut de nouveau, Gunnveig lui tenant le bras.

Béatrix fit immédiatement demi-tour, leur présentant sa chatte et son cul.

— Allez-y, profitez-en tous les deux. Si vous n'en avez pas envie, dites-le-moi et je pourrai comprendre.

Gunnveig ne répondit pas et glissa une main entre les guêtres de Roland pour lui attraper la queue qui durcissait

— Madame ?
— Oui ?
— Non, rien, Madame.

Gunnveig s'approcha et posa sa langue sur les fesses tendues de la Baronne.

— Tu es toujours aussi appétissante.

Béatrix se cambra encore plus et Gunnveig glissa sa langue jusqu'au petit trou qu'elle lécha doucement, laissant échapper des soupirs de la part de Béatrix. Elle tenait toujours la queue de Roland dans sa main et la branlait doucement.
Béatrix tourna la tête et vit sa main aller et venir entre les jambes de Roland.

— Tu ne préférerais pas que ma bouche s'en occupe ? Ce serait plus pratique pour toi !

Gunnveig ne répondit pas et continua de lécher le cul de la Baronne.

Elle serra la queue de Roland entre ses doigts et la tira vers Béatrix, puis, laissant quelques secondes de répit à sa langue tourna à son tour la tête vers Roland pour lui faire signe d'aller se faire sucer par Béatrix.

Elle retira sa main de la queue tendue et la posa sur la fesse de Béatrix, écartant de ce fait les deux globes afin d'y glisser encore plus profondément sa langue.

Roland fit glisser les morceaux de tissus qui lui emprisonnaient le sexe et se retrouva les jambes nues et la queue dressée pour s'avancer près de la bouche de la Baronne qui, sans aucune réserve l'avala aussitôt qu'elle le pu.

Elle se laissait aller sous la langue de la Jarld qui allait et venait entre son cul et sa chatte, lui écartant les lèvres et venant titiller son bouton gonflé. Elle suçait en même temps la queue de Roland, lui léchant le gland, descendant jusqu'à ses couilles, les avalant l'une après l'autre pour remonter le long de sa tige et l'avaler le plus qu'elle pouvait. Elle le pompait tout en gémissant sous les coups de langue de Gunnveig.

Celle-ci en avait profité pour retirer ses vêtements et tout en léchant la croupe tendue devant elle avait glissé une main entre ses cuisses et se branlait la chatte.

Elle ondulait en même temps que sa main entre ses cuisses et sa tête allait et venait entre les cuisses et les fesses de Béatrix.

Roland n'était pas en reste, la Baronne avait sa queue en bouche et ses couilles dans une main.

— Alors tu préfères toujours te faire sucer par les serveuses des auberges ?

— Mmm… Vous savez bien que non, Madame.

— Alors laisse toi aller, et si Gunnveig n'a pas jouit et qu'elle en a envie tu pourras peut-être la baiser devant moi.

Gunnveig releva la tête en entendant son nom.

— Bien sûr que tu vas pouvoir me baiser, c'est même un devoir désormais pour toi.

Roland la regarda avant qu'elle ne replonge quelques secondes la tête et s'enfonce un doigt au fond de la chatte.
Elle releva la tête en laissant échapper un petit cri.

— Vas-y vide toi les couilles dans sa bouche, elle en a envie et elle aime ça !
— Oui, vas-y laisse toi aller.
— Profites-en de cette salope, elle est là pour te vider les couilles ! Profites-en, ce n'est pas tous les jours que tu peux te vider dans une putain comme elle.

Béatrix pompait de plus en plus vite, serrant le plus qu'elle pouvait ses lèvres sur la barre de chair et malaxait ses couilles, les pressait pour en soutirer tout leur jus.

— Allez, Roland, vide tes couilles au fond de sa bouche, elle en a envie et toi aussi !

Roland ne put se retenir et lâcha tout son jus au fond de la bouche de la Baronne qui avala sans histoire et lécha les gouttes qui luisaient encore sur la queue et le gland avant de se laisser aller à son tour sous la langue de Gunnveig dans une succession de gémissements qui s'éteignirent avec son orgasme.

Gunnveig avait accéléré le mouvement de ses doigts et elle avait glissé ses deux mains entre ses cuisses, posant la tête sur les fesses de Béatrix. Une main s'occupait de son clitoris et l'autre se fouillait le plus qu'elle pouvait. Elle regardait Roland, la queue encore dure et luisante de la bave de Béatrix. Elle explosa à son tour dans un râle de plaisir.

Roland la regarda s'aplatir sur le lit. Béatrix, sans se retourner, la sentit.

— Viens, mets-toi à ma place.

La Baronne se laissa rouler sur le dos et se retourna pour embrasser à pleine bouche Gunnveig, profitant du goût de sa mouille dont elle se délecta.
Gunnveig se redressa, avança un peu sur le lit, tandis que Béatrix se glissait sous elle. Elles étaient tête bêche, chacune la tête entre les cuisses de l'autre.

— Allez, Roland, va la baiser ta salope !

Il fit le tour du lit pour venir se placer derrière Gunnveig, lui caressa les fesses tandis que Béatrix passait sa langue entre ses lèvres et agaçait de nouveau son bouton gonflé.
Roland enfonça sa queue entre les lèvres trempées de Gunnveig et la remplit de sa queue toute entière. Béatrix allait et venait entre la chatte de Gunnveig et les couilles de Roland, sa langue se délectait des deux sexes gorgés de plaisir. Sa fente n'était pas en reste sous les coups de langue et les doigts investigateurs de la Jarld.

— Allez Roland, défonce-la ta salope, elle n'attend que ça !

La Baronne le connaissait plus qu'il ne pouvait l'imaginer et ce dans toutes les situations.

— Regarde la, cette petite putain, elle aime ça se faire défoncer par une bonne queue, une bonne queue qui va la remplir de son jus.

Gunnveig releva la tête le temps de répondre à Béatrix

— Une bonne putain qui en a envie oui, un bon trou à bite, et qui aime les bonnes bites comme celle qui la défonce ! Continue ! Ne t'arrête pas, baise ta putain !

Elle replongea la tête entre les cuisses de Béatrix et recommença à la lécher et la doigter pendant qu'elle se faisait baiser et lécher. Elle aimait ça, non elle adorait ça !
Roland continuait à aller et venir, cherchant à s'enfoncer encore plus dans la chatte de Gunnveig, voulant la remplir encore plus, l'écarter et pousser sa queue jusqu'à ce qu'elle perde conscience de ce qui lui arrivait.

Elle ne résista pas très longtemps aux assauts de cette queue et de la langue complice et explosa dans une série de râles qu'elle transmit à Béatrix qui jouit à son tour. Roland ne put se retenir sentant les contractions autour de sa queue et lâcha tout son jus au fond de la chatte de Gunnveig.
Il se retira après quelques instants et Béatrix en profita pour lécher les quelques gouttes de sperme qui perlaient encore au bout de son gland.

Elle lécha ensuite tout le jus qui coulait entre les lèvres de Gunnveig pendant que celle-ci avait la tête posée entre ses cuisses et reprenait ses esprits.

Elle ne perdit pas une goutte de tout ce qui coulait, comme si sa vie en dépendait.

Ce n'était bien sûr pas le cas, elle n'avait pas besoin de cela pour continuer à vivre, mais elle aimait et on lui avait toujours appris, depuis sa plus tendre enfance, qu'il ne fallait pas gâcher ce que la nature nous donnait.

Roland s'étala de tout son long à côté des deux femmes qui étaient restées tête bêche.

Gunnveig, la première, se libéra de la Baronne et s'allongea à côté d'elle, la dressant comme un rempart entre elle et Roland.

— Et maintenant ?

— Et maintenant, il va falloir annoncer à ton peuple que Roland est le père d'Hallveig.

— Alors qu'il n'a aucune légitimité sur le Nord.

— Ça, je peux t'y aider, tu n'as pas toutes les informations au sujet de Roland, mais moi je les ai.

— Comment ça ? Tu m'as encore caché des choses ?

Béatrix serra Gunnveig contre elle, plaquant ses seins contre les siens et glissant une cuisse entre les siennes pour que sa peau vienne effleurer sa chatte encore sensible.

— Roland, est ce que tu veux réentendre toute l'histoire ?

— Non, ça ira, Madame, je vais vous laisser la raconter et je vais aller vider quelques chopes de bière afin de me remettre les idées en place.

La Baronne et la Jarld éclatèrent de rire.

— Fais donc, mon bon Roland, mais évite de trop en raconter.

— Oh ! Madame ! Vous savez très bien que je peux être muet comme une tombe.

— Je le sais, et je te taquine… Allez vas-y et profites en !

Roland quitta la pièce, laissant les deux femmes encore enlacées.
Béatrix déposa un nouveau baiser sur les lèvres de Gunnveig, puis se recula quelque peu.

— Alors ? Comment penses-tu que Roland à une légitimité dans le Nord ?

Béatrix dévoila à Gunnveig tout ce qu'elle avait annoncé à Roland quelques heures auparavant.

— Et tu es certaine de ce que tu avances ?

— Tu crois que je lui aurais dit, que je te l'aurais dit si j'avais le moindre doute.

— Si je peux me permettre, toute cette histoire pourrait te servir ?

— Tu devrais savoir que je préfère lorsque tout suit son court calmement…

— Et que tu peux laisser libre court à ton imagination pour profiter de tes soirées et de tes nuits !

Toutes les deux explosèrent de rire, puis lorsqu'elles se furent calmées quelque peu, Béatrix enchaina de nouveau.

— Tu vois que tu n'as pas de soucis à te faire.

— Il faut quand même quelques preuves à ce que tu avances.

— Elles sont au Domaine.

— Je peux envoyer un pigeon à Margaux en lui disant qu'elle me les fasse parvenir par messager.

— Il va falloir cacher la nouvelle pendant quelques jours alors.

— Et à ce que j'ai pu comprendre, Aubin est assez estimé chez toi ?

— Oui, mais pourquoi ?

— Il pourrait venir pour appuyer tes dires. Je ne suis pas connue ici et n'ai pas de poids parmi ton peuple.

— Oui, mais tu es quand même connue et reconnue pour mes proches qui connaissent nos histoires.

— Et pour tes ennemis qui les connaissent aussi, ils risquent d'en profiter pour te discréditer si nous n'avons pas un soutien masculin, tu sais, c'est toujours le même problème pour nous, il faut tirer les ficelles et gouverner dans l'ombre pendant que les mâles se pavanent en public.

— Tu as raison, nous allons attendre que les documents arrivent du Domaine et si tu tiens à ce qu'Aubin soit présent pour l'annonce, j'aimerai que la demande vienne de moi.

— Dans ce cas, s'il te plait, évite de lui dire que je suis ici, j'aimerais lui faire la surprise.

— Et tu crois qu'il va imaginer que tu es repartie alors que Roland est resté et que je n'ai rien annoncé ?

— Ça, ma belle, c'est à toi de bien gérer… Et je voudrais parler avec lui de quelques points qui ne concernent que notre ordre.

— Une réunion de famille en quelque sorte !

La Baronne éclata de rire à remarque de Gunnveig.

— En quelque sorte… Tu n'es pas loin de la vérité.

Virée

La Baronne et la Jarld avaient discuté avec Roland et lui avaient exposé leurs intentions. Il n'avait pu qu'être d'accord, même s'il avait émis quelques objections dans un premier temps, il avait fini par être entièrement d'accord.

Les deux femmes avaient rédigé leurs messages qui avaient été transmis aux pigeonniers.

Béatrix avait voulu en envoyer un deuxième, mais elle ne savait pas du tout comment joindre son destinataire.

— Combien de temps avant que les messages ne reviennent, à ton avis ?

— Celui du Domaine, il faut, je pense compter au moins trois jours si tout se passe bien avant que nous ayons un cavalier et pour Aubin, s'il part aussitôt qu'il a le message, il devrait être là dans deux jours.

— Donc deux jours au minimum pour avoir des nouvelles.

— Oui, pourquoi ?

— Ca me laisse deux jours…

— Pour quoi faire ?

— Pour prendre conseil.

— Comment ça ?

— Je t'expliquerai à mon retour. Si tu peux faire préparer mon cheval et prévenir Amaury que nous partons sur le champ… Je vais me changer et je reviens.

— Et où vas-tu aller ?

— Je t'expliquerai tout une fois revenue. Et ne t'inquiète pas, je ne risque rien.

Gunnveig soupira

— Si tu le dis !

Béatrix l'embrassa avant de la quitter pour retourner dans les appartements où elle avait déposé ses affaires.

Elle n'y avait pas passé beaucoup de temps depuis son arrivée et en profita pour souffler quelques instants.

Elle fouilla ensuite dans son coffre de voyage et en sortit une tenue de voyage qu'elle enfila.

Robe longue en cuir passé, guêtres en laine sous ses cuissardes de voyage. Elle compléta avec une capeline en laine épaisse.

Elle tenait à voyager presque anonymement, du moins dans la première partie de son trajet car elle glissa dans une grande besace son manteau d'hermine qu'elle n'avait pas oublié d'apporter.

Elle glissa à sa ceinture sa dague qu'elle avait récupérée le lendemain de son arrivée et sortit des appartements pour retourner à la grande salle.

La Jarld, Roland, Amaury et Brynja l'y attendaient. D'autres sujets de la Jarld étaient aussi présents, et quelques-uns s'étonnèrent de la voir partir.

— Ne vous inquiétez pas. Je dois traiter une chose urgente avant de revenir et je serais là d'ici deux jours. Et si ma parole ne vous suffit pas pour vous en convaincre, je vous laisse Brynja, Roland et le reste de ma troupe en gage de ma bonne foi.

— Vous n'avez pas besoin, Madame, nous vous croyons !

— Mais c'est ainsi, ils restent ici jusqu'à mon retour.

— C'est votre décision, Madame.

— Oui, et elle ne changera pas.

Béatrix se tourna vers la porte, Amaury la suivit sans rien dire. Au moment où elle allait franchir le seuil de la porte, une voie Nordienne s'éleva.

— Madame ?

Béatrix se retourna pour voir qui l'interpellait.
Un homme, dans la force de l'âge s'avançait vers elle. Si la situation n'avait pas été celle-ci, elle en aurait bien profité pour lui tirer tout ce qu'il devait avoir comme jus. Mais ce n'était pas le moment ni l'endroit.

— Si vous le permettez, j'aimerai vous accompagner.
— Et pourquoi donc ?
— Vous n'êtes pas connues par ici et qu'une étrangère qui voyage simplement accompagnée d'un écuyer…
— Et ?
— Vous risquez de vous faire importuner, de vous faire même malmenée.
— Et avec vous je ne risque rien ?

Gunnveig regardait la scène et souriait aux réponses de Béatrix, se demandant comment son homme de main allait réussir à se sortir de cette gentille joute verbale.

— Je n'ai pas dit que vous ne risquiez rien, Madame, mais avec moi, vous risquerez moins.
— Donc je risque autant avec ou sans vous ?
— Non, Madame.
— Parce que vous pensez qu'une femme ne peut pas se débrouiller toute seule ?

— Non, Madame, ce n'est pas du tout ce que j'ai dit. Je voulais simplement dire que vous seriez plus tranquille si j'étais à vos côtés, parce que les gens de notre territoire me connaissent et ne tenteront rien contre vous.

Béatrix laissa échapper un soupir.

— Donc si je m'évertue à vous dire non… Vous allez nous suivre quand même ?
— Oui, Madame.
— Vous avez un bon cheval ?
— Oui, Madame.
— Alors nous partons sur le champ.

Béatrix franchit la porte sans se soucier des deux hommes qui la suivait.
Gunnveig fut soulagée qu'un de ses plus hommes les plus influents la suive et Amaury regarda ce nouveau compagnon d'un air jaloux. Il avait espéré pouvoir profiter de nouveau des bontés de la Baronne durant ce voyage et ce nouveau compagnon de voyage venait contrarier ses plans.

Tous les trois montèrent à cheval et disparurent derrière les murs de la cité de la Jarld.

Roland ne comprenait pas, même s'il n'avait rien dit, pourquoi la Baronne était partie dans cette contrée inconnue simplement accompagnée de ce piètre soldat qu'était Amaury. Il aurait dû faire partie de son voyage. N'était-il pas censé veiller à sa sécurité ?

Non, ce n'était plus sa priorité, il devait arriver à l'admettre. Sa priorité était Hallveig et c'était sa sécurité qu'il devait assumer.

Sur ce point, La Baronne avait eu raison, comment aurait-il pu assumer la sécurité de sa fille en étant loin d'elle. Et tant que sa légitimité n'était pas reconnue, il devait rester dans l'ombre pour veiller sur elle.

Pendant que Roland réfléchissait et se replongeait dans les choppes de bière dans la grande salle, La Baronne et ses deux compagnons avançaient sur les terres gelées.

Ils refaisaient au galop, le chemin qu'ils avaient fait quelques jours auparavant, traversant villages et plaines, forêts et bosquets jusqu'à parvenir au point que Béatrix souhaitait atteindre.

— Montez le campement ici, pour vous deux !

— Et vous, Madame ?

— Si je ne suis pas de retour demain après le lever du soleil, alors je ne reviendrai pas.

— Madame ?

— Ne t'inquiète pas, Amaury, je serai là demain matin. Mais s'il vous plait, n'essayez pas de me suivre, tout bon combattant que vous soyez tous les deux, je ne veux pas vous perdre. Et c'est ce qui se passera si vous essayer de me suivre.

— Madame ?

— Vous campez là, vous me laissez et je serai de retour au lever du soleil, c'est plus clair ainsi. Le premier qui essaye de me suivre terminera avec une flèche dans le cœur. Ça aussi c'est clair ?

Ses deux compagnons répondirent en cœur.

— Oui, Madame.

— Bien alors, essayez de passer une bonne nuit, je ne suis pas loin et rien ne m'arrivera.

Béatrix fouilla dans ses sacoches et en sortie son manteau d'hermine blanche, l'échangea avec la capeline noire qu'elle portait et remonta à cheval.

— À demain matin !

Elle éperonna son cheval sans attendre de réponse et disparu de la vue des deux hommes quelques minutes plus tard.
Elle savait où elle allait.

Elle n'avait pas oublié la cabane de Trygveson et après quelques minutes de galop arrêta son cheval devant, en descendit et après avoir accroché les rennes aux anneaux, poussa la porte.

— Bonsoir, j'espère ne pas vous déranger.
— Vous ne me dérangez pas, et je vous attendais.
— Vous m'attendiez ?
— J'étais certain que vous vouliez parler de certaines choses avec moi après que vous les ayez découvertes.
— Vous étiez au courant ?
— Avant vous, non.
— Alors comment l'êtes-vous maintenant ?
— Tout comme vous, je ne suis pas seul.
— Et tous les vôtres sont-ils aussi bienveillants que vous ?

— Ils devraient l'être, mais comme dans votre confrérie et celle de votre nouvelle protégée, il y a toujours des brebis galeuses.

— Qu'il faut mettre hors d'état de nuire ?

— Tout à fait.

— Nous avons tous le même problème à ce que je vois, je suis désolée de m'être trop concentrée sur notre confrérie jusqu'à présent pour en laisser quelque peu de côté les autres.

— Vous aviez vos raisons… Et vous n'avez pas à vous le reprocher, vous avez pour l'instant fait ce qu'il fallait pour la survie de votre confrérie.

— Et les autres ? Celles qui nous aident dans notre cheminement.

— Elles ne vous ont pas fait défaut pour l'instant et ne vous feront pas défaut par la suite.

— Il fallait que je vous parle de quelque chose.

— Je sais, et que viens-je de vous dire ?

— Que…

— Oui, que les autres confréries vous soutiendront dans votre action.

— Vous pensez juste à Roland ? Ou à…

— Toutes vos actions…

— Pourquoi moi ?

— Car vous avez en vous ce qui fait défaut actuellement, vous avez en vous l'essence originelle de votre ordre, cette foi, cette envie, tout ce qui a fait que tout le monde a suivi à l'origine et qui s'est perdu durant ces dernières générations.

— Mais je ne suis qu'une…

— Qu'une descendante… Comme vous l'avez fait remarquer à Roland, la vérité n'est pas forcément ce qui est affiché.

— Pour Roland, je suis d'accord, mais pour moi ?

— Êtes-vous certaine d'avoir en votre possession tous les documents de votre histoire ?

— Je les ai oui, je suis la dépositaire de toute notre histoire.

— Il vous en manque. Il y des documents qui ont été sciemment cachés à votre famille depuis des générations.

— Comment ça ?

— Il vous faudra les retrouver.

— Et que contiennent-ils ?

— Votre histoire, la véritable histoire de votre famille, pas celle qui a été comptée depuis des générations.

— Oh ! Et pourquoi me dire cela maintenant ? Pourquoi ne pas l'avoir dévoilé à ma mère, ou sa mère, ou la mère de sa mère ?

— Car nous sommes à un tournant de notre histoire.

— De Notre histoire ?

— Nous sommes tous liés, et ce que vous allez annoncer à propos de Roland, ce que vous imaginez pour Marie, ce que vous comptez faire contre A…

— Comment pouvez-vous être au courant pour Marie ?

— Nous le sommes.

Béatrix marqua un temps d'arrêt, repassant en mémoire toutes les personnes auxquelles elle aurait pu parler de ses projets pour Marie. Il n'y en avait aucune. Elle n'en avait pas parlé, elle n'en avait même pas émis le souhait à quiconque.

— Comment êtes-vous au courant pour mes projets pour Marie.

— Nous le sommes.

— Oui, mais comment ? Je n'en ai parlé à personne et même Marie n'est pas au courant.

— Nous sommes au courant de tout ce qui vous concerne, sans jugement, simplement être au courant et connaître. Telle est notre mission, comme la vôtre est tout autre.

— Oui, mais comment pouvez-vous connaitre mes intentions pour Marie ?

— Les connaitre n'est pas un problème pour vous, tant que nous n'allons pas contre ?

— Oui, sûrement, mais j'aimerai quand même savoir comment vous êtes au courant

— Vous avez vos secrets… Nous avons les nôtres, ce qui nous permet aussi d'exister.

— Vos secrets et votre façon de les obtenir meurent si je vous tue maintenant ?

— Cela ne changera rien, il y en a d'autres qui sauront se faire rappeler à votre souvenir.

— Et merde !

— Ah non !

— Quoi ?

— Rien !

— Donc, vous n'êtes pas tout seul

— Comme vous n'êtes pas unique.

— Oui, mais moi, je ne lis pas dans les pensées.

— Nous non plus.

— J'ai pourtant de sérieux doutes.

La discussion entre Béatrix et Trygveson continua toute la nuit.

Beatrix ressortit alors que le soleil se levait et retourna vers le campement, trouvant Amaury et le Nordien endormis.

Celui-ci se réveilla en sursautant.

— Ah ! C'est vous, Madame.

Il avait la main sur la crosse de son épée.

— Oui, c'est moi. La nuit n'a pas été trop dure ?

Il regarda Amaury qui dormait encore et n'avait rien entendu.

— S'il fallait compter sur vos hommes pour prendre garde à vous, je pense que vous seriez déjà morte depuis longtemps.
— Si j'avais eu besoin de veiller sur moi, ce n'est pas lui qui m'aurait accompagné.

Tous les deux sourirent à cette remarque.

— Tu ne m'as même pas dit comment tu t'appelais ?
— On m'appelle Lorens, Madame.
— Un aussi bon guerrier qu'orateur si je ne me trompe ?
— À ce qu'il parait, Madame.
— Et si je te proposais de me servir, qu'en dirais tu ?

Il n'eut pas le temps de répondre, Amaury se réveilla en sursaut.

— Ah ! Vous êtes là, Madame !
— Oui, et nous allons pouvoir repartir.
— Déjà ?
— Tu as dormi plus que tu n'aurais dû à ce que j'ai pu constater.

Amaury baissa les yeux et commença à rattrouper ses affaires.

Lorens en fit de même et après quelques minutes tout le monde était prêt pour se mettre en route.

Béatrix en avait profité pour retirer son manteau d'hermine et repasser sa capeline noire.

— Tout le monde est prêt ? On peut y aller ?

Les deux hommes ne répondirent pas et enjambèrent leurs chevaux, attendant que la Baronne fasse de même pour tirer à brides abattues vers le foyer de la Jarld.

Aucun des deux hommes ne posa de question sur ce qui s'était passé cette nuit. Amaury était parti dans ses fantasmes et laissait son imagination galoper en imaginant la Baronne dans une nuit de débauche avec un inconnu, ou peut-être même des inconnus, ou bien une inconnue. Il ne savait plus très bien et imaginait tout et n'importe quoi, sauf ce qui s'était réellement passé.

Béatrix n'en avait à vrai dire que faire, elle avait d'autres sujets de préoccupation et elle espérait qu'Aubin ne tarderait pas à la rejoindre. Ce n'était pas chez la Jarld que cette discussion aurait dû avoir lieu, mais au domaine, avec Margaux, Morgane et Marie près d'elle. Elles étaient impliquées dans ses décisions et tout ce qu'elle avait et allait mettre en place.

Les trois cavaliers passèrent la porte dont la herse avait été levée à leur approche et furent accueillis à leur descente de cheval par Gunnveig et Roland.

Brynja s'empressa de sauter au cou d'Amaury.

— Voilà, Madame, vous êtes de nouveau en sécurité.
— Merci, Lorens.

— Ce fut un plaisir, Madame.

— Partagé.

Gunnveig interrompit leur discussion en faisant signe à ses hommes de s'occuper des chevaux.

— Alors ? Tu as trouvé ce que tu cherchais ?

— J'ai trouvé ce que je cherchais, oui, et même ce que je ne cherchais pas.

— Comment ça ?

— Nous en discuterons un peu plus tard.

— Autour d'un verre de vin ?

— Avec un bon bain, ce ne serait pas de refus.

— Je m'occupe de tout.

Elle tourna les talons et disparut.

Roland en profita.

— Madame ?

— Oui, Roland ?

— Il y a eu des messages pour vous aujourd'hui.

— Et tu les as lus ?

— Non, bien sûr, Madame. Je les ai récupérés lorsque les pigeons sont arrivés.

Roland sortit de ses vêtements trois petits morceaux de papier enroulés et les tendit à la Baronne.

Elle déplia le premier, le lut et fronça quelque peu les sourcils avant de faire de même avec le deuxième, puis le troisième sur lequel elle s'arrêta un peu plus longtemps, réfléchissant en le relisant.

— De mauvaises nouvelles, Madame ?

— Il n'y a jamais de mauvaises nouvelles, tu devrais le savoir, Roland. Il y a de bonnes nouvelles et d'autres qui nécessitent de revoir un peu les plans, mais aucune nouvelle n'est mauvaise, il faut savoir en tirer le meilleur.

Roland la regarda dubitatif.
Béatrix lui sourit.

— Aubin ne sera là que dans deux jours, ce qui en soit n'est pas si dramatique. Margaux a trouvé les documents que je lui demandais te concernant et Marie nous les apportera, ce qui est une bonne nouvelle pour toi.

— Et la troisième ?

— C'est celle qui me chagrine un peu plus. Les hordes barbares ont fait une percée à l'Est et menacent les frontières du Domaine. Il va falloir que je négocie avec notre Suzerain pour qu'il envoie des hommes, il est hors de question que je mette la vie des miens en jeu.

— Vous allez partir ?

— Je pensais que tu me connaissais mieux que cela, Roland !

— Et les barbares alors ?

— Nous sommes tous des barbares pour d'autres. Non, trêve de plaisanterie, Morgane pourra très bien aller négocier au palais pour moi.

— Vous êtes sûre qu'elle en est capable ?

— Si elle n'en est pas capable, alors nous verrons ce que donne l'entrainement que tu as donné à mes troupes.

— Cela risque d'être difficile sans commandant.

— Et que penses-tu de Lorens pour te remplacer à ce poste ?

— Et pourquoi me remplacer ?

— Roland ! Pense à ta fille ! Tu te dois de penser à elle en priorité ce n'est pas en courant sur un champ de bataille que tu vas l'aider… Ni moi d'ailleurs.

Roland la regarda perplexe.

— Ta place est auprès de Gunnveig et de ta fille, vous allez avoir d'autres combats à mener rapidement.

— Comment ça ?

— Sois patient, Roland, et fais-moi confiance, comme tu l'as toujours fait. Il y a encore trop d'ombre pour que je puisse tout te révéler mais lorsque je pourrai, je le ferai.

— Si vous le dites, Madame, je vais garder mon poing dans la poche pour quelques temps encore. Je ne voudrais pas qu'il vous arrive quelque chose de grave !

— Ne t'inquiète pas, cette petite virée m'a appris beaucoup de choses. Certaines que je connaissais déjà, d'autres que je ne l'avais même pas imaginées, mais désormais, je les connais et crois-moi, elles ne vont pas rester terrées pendant des générations.

— Donc si je résume bien, je dois patienter jusqu'à ce que Marie arrive avec les documents que vous lui avez demandés. Aubin aura un peu de retard et nous devrons l'attendre, je suppose avant de dévoiler mes origines. Et pour terminer, Morgane ira plaider votre cause auprès de notre Suzerain pour les frontières et vous avez découvert de nouvelles choses qui vous étaient inconnues cette nuit.

— Très bon résumé, Roland.

— J'ai juste une question, si vous le permettez, Madame ?

— Vas-y

— Pourquoi envoyer Morgane et non Margaux ?

— Simplement pour qu'elle fasse ses preuves aussi.

— Ce n'est pas un peu risqué pour la situation ?

— Peut-être, mais Morgane en est capable.

— Si vous le dites, Madame.

Béatrix n'eut pas le temps de répondre, Gunnveig ressortait et lui faisait signe de venir.

— Nous terminerons cette discussion plus tard.

— Bien, Madame.

La Baronne et la Jarld disparurent toutes les deux de la vue de Roland.

Gunnveig entraina Béatrix dans ses appartements où elle lui réserva une jolie surprise.

Béatrix n'en revenait pas. Elle avait entendu parler de ces sources d'eau chaude mais n'en avait jamais vu si loin dans le Nord. Elle avait devant elle ce qu'elle aurait pu comparer à des thermes, à la différence que de la vapeur s'échappait de l'eau.

— Ton bain est prêt.

— Ce n'est plus un bain, c'est une... Je n'ai pas de nom pour ça !

— Ici, on appelle cela un « spå ». L'eau vient des sources chaudes qui coulent près d'ici.

— C'est vraiment incroyable.

— Ne reste pas plantée comme ça, vient !

Gunnveig se déshabilla et laissa ses vêtements au sol avant de glisser dans l'eau chaude.

Elle se retourna vers Béatrix.

— On dirait presque une jeune pucelle avant sa première nuit !

Béatrix se déshabilla à son tour et rejoignit Gunnveig dans l'eau.

— Tu vas voir ce qu'elle va te faire la jeune pucelle !
Elle attrapa la Jarld et l'embrassa à pleine bouche, glissa une main entre ses cuisses avant de se reculer et de la laisser profiter de la situation.

— Viens au bord, on jouera après, mais il faut que l'on parle avant.
— Tu es bien sérieuse tout d'un coup.
— Il le faut.
— Ta petite virée ne s'est pas passée comme tu le voulais ?

Toutes les deux s'appuyèrent sur les pierres au bord de ce spå.

— Comme je l'ai dit à Roland, j'ai appris certaines choses, d'autres m'ont été confirmées.
— Et bien sûr tu ne veux pas tout me dire ?
— Certaines, il n'y a pas de soucis pour que je te les partages, d'autres, je ne peux pas tant que je n'en suis pas certaine et que je n'ai pas eu les preuves de leur véracité.
— Alors que peux-tu me dire ?
— Pour commencer, j'avais raison pour Roland.
— Qu'il est le père d'Hallveig ?

— Oui et pour l'histoire de sa famille. Même si j'ai les documents qui en attestent, j'ai eu une confirmation tout à fait extérieure.

— Donc c'est une bonne nouvelle.

— Oui, c'en est une.

— Et pourtant tu sembles encore contrariée.

Béatrix expliqua le contenu des trois messages qu'elle avait reçus et comme à Roland expliqua ce qui allait en découler.

— Mais ce ne sont pas ces messages qui te contrarient vraiment, avoue.

— Tu as raison, ces messages ne sont que des affaires courantes… Non, ce qui me chagrine c'est que j'ai eu la confirmation que nous n'étions pas seuls.

— Comment ça pas seuls ?

— Ma confrérie, la tienne… Et bien il y en aurait une troisième.

— Une troisième ?

— Oui.

— Et tu n'étais pas au courant ?

— Pas en ce sens.

— Et qui sont-ils ?

— Ils se font appeler les veilleurs.

Gunnveig sourit

— Ils ne dorment pas ?

Et elle se reprit rapidement

— Humour… Mais ce n'est pas le moment… Comment ça les veilleurs ?

— Une troisième confrérie qui surveille ce que nous faisons, toi, moi, nos familles, sans intervenir. Une confrérie encore plus dans l'ombre que les nôtres.

— Et s'ils ne font rien, à quoi servent-ils ?

— De mémoire et de conseil lorsqu'on les sollicite.

— Là, il y a vraiment un point que je ne comprends pas.

— Lequel ?

— Comment peut-on leur demander conseil si on ne sait pas qu'ils existent ?

— Je n'ai pas la réponse à ta question. Tout ce que je sais, c'est qu'ils en savent beaucoup plus que nous, du moins celui que j'ai rencontré.

— Cette nuit ?

— Oui, cette nuit. Il était au courant de choses que je n'avais dévoilées à personne. Ce n'était que des pensées et elles n'avaient même jamais franchi le seuil de mes lèvres.

— Comment est-ce possible ?

— Je ne sais pas, mais il m'a conforté dans ma vision du futur de nos familles.

— Et que vas-tu faire ?

— Dans un premier temps, attendre Aubin pour qu'il reconnaisse avec moi que Roland est bien légitime dans le Nord.

— Pour moi, c'était une affaire classée et qui ne devait pas te préoccuper plus que cela.

— Et ensuite… Il va falloir que je retrouve des documents soi-disant égarés qui prouvent Ma légitimité.

— Comment ça ? Tout le monde sait qui tu es et qui étaient tes ancêtres.

— Tout le monde croit savoir, car à première vue, et il faut que j'en sois certaine, il y a eu de grosses mégardes dans les temps originels.

— Et qu'est-ce que cela va changer ?

— Si cela s'avère véridique, je ne suis plus B mais A.

— Ohhhhhhh !

— Alors il faut retrouver ces documents.

— Oui, mais je ne sais pas où les chercher.

— Et ton veilleur ne t'a pas donné de piste.

— La seule piste qu'il m'ait donnée c'est que sa confrérie était en possession de ces documents.

— Il va falloir le harceler pour qu'il nous les livre !

— Ce n'est pas ainsi que nous les aurons.

— Comment alors ?

— Je ne sais pas encore… Mais peut-être que c'est lui qui me les apportera naturellement.

— Tu veux lui tendre un piège ?

— Non, pas un piège ! Il est au courant de ce que je souhaitais faire, il m'en a dissuadé en me disant que je n'en avais pas besoin. La seule chose qui me manque ce sont ces documents, alors je vais les faire chercher.

— En attendant, tu dois te détendre, tu es stressée et ce n'est pas bon pour réfléchir.

— Tu as raison.

Béatrix plongea la tête sous l'eau et la ressortit quelques secondes plus tard. Elle embrassa Gunnveig.

— Et toi tu sais très bien comment me déstresser.

La Jarld n'attendit pas une deuxième demande et glissa sa main entre les cuisses de la Baronne.

Elle glissa un doigt entre les lèvres de la Baronne et posa son pouce sur son bouton. Béatrix appuya sa tête sur le rebord en bois et se laissa aller sous les caresses de Gunnveig. Les remous de l'eau chaude ainsi que les doigts qui la fouillaient doucement lui faisaient un bien fou.

— Continue ma petite salope, ne t'arrête surtout pas.
— Je n'en ai pas l'intention.

Les seins de Béatrix pointaient au-dessus de l'eau et Gunnveig descendit un peu pour les titiller de sa langue. Elle en profita pour glisser son autre main entre les cuisses et aller poser l'ongle de son index sur le petit trou de Béatrix.
La Baronne essaya de se positionner au mieux pour que la Jarld n'ait pas à se contorsionner et lui sourit en posant ses mains dans ses cheveux.

— Vas-y, ne te prive pas si tu en as envie !

Gunnveig poussa son index. Elle aurait pensé qu'il rentre plus facilement, mais elle devait avouer que l'eau chaude ne facilitait pas sa pénétration.

— Et ne t'inquiète pas, si tu me fais mal, je t'arrache les cheveux.

Gunnveig releva la tête et toutes les deux éclatèrent de rire avant que la Jarld ne reprenne ses coups de langue sur les tétons dressés.
Elle en profita pour pousser un peu plus son index tout en continuant, de son autre main, de s'occuper de la chatte de Béatrix.

Sa respiration s'était accélérée et elle gémissait doucement sous les caresses de la Jarld.

— Tu sais vraiment t'y prendre avec moi, ma petite salope.

— Merci...

Béatrix gémissait de plus en plus fort et elle commençait à râler sous les caresses de Gunnveig. Elle ferma les yeux et pressa ses mains sur la tête de la Jarld.

Elle laissa son orgasme la remplir avant de relâcher sa pression sur la tête de Gunnveig et attendit quelques instants que toutes les vagues de plaisir aient disparues.

— Merci ma petite salope, j'ai trouvé ce que j'allais faire.

— Ah ? Comment ça ?

Gunnveig retira ses doigts et s'installa à côté de la Baronne.

— Pour l'instant, nous allons nous occuper de Roland, c'est la priorité, en espérant que Morgane arrive à se débrouiller au Palais, mais je n'ai guère de doute sur ce point.

— Et pour toi et les veilleurs ?

— J'aimerais te demander une faveur.

— Elle est déjà accordée.

— Attend, tu ne sais pas ce que je veux te demander.

— Ça ne changera rien. Que veux-tu ?

— Puisque Roland va rester ici et que tu m'as proposé quelqu'un pour le remplacer, j'aimerais savoir ce que tu penses de Lorens ?

— Je n'avais pas pensé à lui au départ quand je t'ai fait la proposition, mais ce n'est pas un mauvais choix. Et pourquoi lui ?

— Parce que nous avons un peu parlé lors de ma virée et qu'il sait faire face à ses responsabilités, et sait s'effacer lorsque cela est nécessaire. Sauf que je n'ai pas pu juger de sa qualité au combat et en tant que commandant.

— Peu de mes hommes se risqueraient à croiser le fer avec lui et les groupes qu'il mène lors des raids s'en sortent toujours.

— Donc c'est un bon choix ?

— Oui, je pense.

— De quoi est-il au courant à propos de nos histoires ?

— Il connait nos histoires... Pas dans les détails comme moi... et encore moins comme toi, mais il est au courant.

— Donc il sait ce que j'attends de lui s'il vient avec moi ?

— Il sait qu'il me doit obéissance et que si je lui dis qu'il te serve comme s'il me servait, il le fera.

— Et quel lien a-t-il avec nous, outre le fait qu'il soit un de tes hommes ?

— Aucun, à ce que je sache... Mais remarque, je ne savais pas non plus pour Roland.

— C'est vrai, il faudra que je regarde tout ça, mais le fait que ce soit lui, m'évitera déjà d'avoir à lui donner des explications pour mon arrêt sur le chemin du retour auprès de mon veilleur.

— Parce que tu comptes le revoir ?

— Il faut bien, et comme c'est le seul point d'entrée que j'ai sur sa confrérie, je n'ai pas le choix. Mais à mon avis, ils doivent être proche de vous et de nous pour être au courant si rapidement de tout ce qui se passe, et il doit y avoir un autre veilleur pas très loin du Domaine.

— Ca veut dire qu'ils seraient deux fois plus nombreux que nous !

— J'en ai bien peur.

— Et nous n'en avons jamais entendu parler, c'est ça qui, moi, me fait peur.

— Le commun des mortels n'a jamais non plus entendu parler de nous.

— C'est vrai, mais tu te rends compte quand même, une société secrète inconnue de deux autre sociétés secrètes !

— Oui, je m'en rends compte, et c'est qu'ils ont très bien fait leur travail, tout comme nous d'ailleurs. Qui connait notre existence à part nos fidèles ?

— Je ne sais pas, mais pas grand monde je suppose.

— C'est une volonté de nos confréries, et si par malheur, les informations s'ébruitent, les solutions seront radicales pour faire taire ces bruits.

— Tu l'as déjà fait ?

— Par pour moi, car je sais à qui je donne les informations et ceux et celles qui les reçoivent connaissent le sort qui leur est réservé si j'apprends qu'il y a des fuites.

— Pour qui alors ?

— Une personne dont tu n'as pas entendu parler, beaucoup plus bas dans la hiérarchie et qui a eu la mauvaise idée de trop parler.

— Et qu'à tu fais ?

— Des groupes de brigands ont mis à sac ses terres, en prenant soin de faire taire ceux qui avaient été mis au courant, épargnant les autres.

— Et lui ou elle ?

— Lui ? Cet avertissement lui a suffi pour qu'il prenne garde par la suite à ce qu'il disait.

— Et si cela n'avait pas suffi ?

— Il ne serait plus là pour témoigner de ses erreurs.

Gunnveig replongea un peu dans l'eau chaude et en ressortit rapidement.

— Je préfère t'avoir comme amie que comme ennemie.
— Tu es plus qu'une amie, tu le sais très bien.
— Même si je n'aime pas quand tu complotes dans mon dos.
— Je m'en doute, mais j'espère que tu as compris que je ne peux pas faire autrement et que ce n'est pas pour te nuire, bien au contraire.

Gunnveig embrassa langoureusement Béatrix.

— Je le sais et j'en suis certaine, maintenant.
— C'est une bonne chose, nous allons pouvoir avancer ensemble comme il faut.
— Et que me caches-tu d'autre ?
— Pourquoi je te cacherais quelque chose ?
— Car tu m'as dis que le veilleur savait ce que tu voulais faire et qu'il t'en a dissuadée.
— Cela ne te concerne pas, simplement moi et ma descendance.
— Tu en es bien certaine ? Car quelque part, tout ce qui te concerne, me concerne un jour ou l'autre.
— Tu as certainement raison, mais pour l'instant, je ne vois pas ce que cela changera pour toi.
— Alors si ça vient à changer, je te demande juste de m'en informer avant de me mettre devant le fait accompli.
— Si ça te fait plaisir, ma petite salope, alors je le ferais.
— Tu veux un verre de vin ?

— Ce ne serait pas de refus.

Gunnveig sortit de l'eau et alla jusqu'à la porte. Elle agita une petite clochette qui y était accrochée et attendit quelques secondes.

Une jeune femme apparu dans l'encadrement de la porte et repartit après quelques échanges avec la Jarld qui n'attendit pas et revint se glisser dans l'eau tout contre Béatrix.

— Sigrid revient avec ce qu'il faut pour nous désaltérer.
— Ta servante personnelle ?
— Une de mes servantes personnelles.
— Et tu ne me l'as pas présentée ?
— Je n'y manquerai pas lorsqu'elle reviendra.
— Tu as intérêt…
— Et comment veux-tu que je te présente ?
— Comme une amie ? Non ?
— Si tu veux, mais si je lui dis cela, elle ne va pas comprendre que tu la plonges dans l'eau et que tu t'amuses avec elle.

Béatrix explosa de rire.

— Tu sais que je peux me retenir quand même ! Et puis non ! Juste pour ça oui, je vais m'amuser avec vous deux lorsqu'elle reviendra.
— Tu es vraiment infatigable.
— Tout comme toi.

Béatrix et Gunnveig discutèrent de tout et de rien avant que Sigrid ne réapparaisse, portant un petit tonneau ainsi que deux verres.

— Tu aurais pu en prendre un pour toi.

— Je n'ai pas osé et je ne voulais pas vous déranger, Madame.

— Dépose tout ça au bord.

— Bien Madame.

— Déshabille-toi et viens nous rejoindre.

Sigrid fit glisser sa robe sous le regard de Béatrix.
Elle glissa dans l'eau chaude et rejoint les deux femmes.

—Tu peux nous servir.

— Bien, Madame.

Sigrid passa entre Gunnveig et Béatrix qui en profita pour glisser une main sur ses fesses. La jeune femme ne broncha pas et prit le tonneau pour remplir les deux verres.
Elle reposa le tonneau et tendit les deux verres.

— Tu ne connais pas encore mon amie Béatrix ?

— Non, Madame, même si je l'ai aperçue de loin, je n'ai pas été présentée.

— Voilà qui est fait, alors. Et je veux que tu agisses avec elle comme tu agirais avec moi.

— Bien, Madame, si c'est votre souhait.

Béatrix trinqua avec Gunnveig puis tendit le verre à la jeune femme.

— Cul sec, et ressers-moi après.

Elle ne répondit rien, prit le verre tendu vers elle et le but d'une seule gorgée. Elle le posa ensuite sur la bordure de bois et le remplit avec le tonneau.

Béatrix se colla contre elle et lui attrapa les seins avec ses deux mains.

— Et ne renverse pas, sinon tu nettoieras toutes les gouttes avec ta langue.

Elle pinça les tétons de la jeune femme dès que les premières gouttes de vin touchèrent le fond du verre et ne relâcha sa pression que lorsqu'il fut remplit et que Sigrid reposa le tonneau.

— C'est très bien, je vois que tu sais te maîtriser.
— Merci, Madame, j'ai eu un bon entrainement.
— Ah ? Ta Maîtresse ?

La jeune femme se retourna et tendit le verre à la Baronne.

— Oui, Madame.
— Et que t'a-t-elle appris d'autre ?
— Beaucoup de choses, Madame.
— Comment s'occuper d'une chatte ?

Sigrid hésita quelques secondes et voyant que la Jarld ne disait rien.

— Entre autre, Madame.
— Il faudra que je vérifie cela.
— Si c'est votre souhait, Madame.

Béatrix but son verre.

— Pas maintenant, nous avons des affaires importantes à régler. Mais je te propose de revenir dans ces eaux un peu plus tard, avec ta Maîtresse, si elle en a envie.

— Bien sûr, Madame.

Vestiges

Deux jours s'étaient passés depuis que Béatrix était revenue de sa petite virée auprès de son veilleur.

Elle avait profité de ces deux journées pour expliquer, avec l'aide de Gunnveig, à Roland, dans la limite de ce qu'ils devaient connaitre tous les deux, le fonctionnement de leurs deux sociétés. L'annonce de sa paternité n'avait toujours pas été annoncée, mais il prenait de plus en plus sa nouvelle fonction au sérieux et passait du temps auprès d'Hallveig.

Quatre cavaliers furent annoncés peu avant midi.
Intérieurement, Béatrix espérait que ce soit Marie ou Aubin, quoi que celui-ci se serait sûrement déplacé seul, comme il en avait l'habitude, malgré tous les risques que cela pouvait comporter, il en avait toujours été ainsi.

La Baronne attendait les cavaliers sous l'entrée de la grande salle et piétina de joie lorsqu'elle reconnut le premier cavalier. Elle dévala les quelques marches à leur rencontre et tenait la bride du cheval de Marie lorsqu'elle en descendit.

— Madame, nous avons fait aussi vite que nous avons pu.
— Ma Marie, tu ne sais pas comme je suis heureuse de te voir !
— Moi aussi, Madame.

La Baronne la prit dans ses bras avant de la relâcher pour voir qu'Erika était parmi les cavaliers.

— Le Nord te manquait ?

— Je dois vous avouer que lorsque j'ai su que Marie venait, j'ai demandé à Margaux si je pouvais l'accompagner, et elle n'y a pas vu d'objection.

— J'en connais une qui va être ravie de te revoir.

— Moi aussi, Madame.

— Venez, vous devez avoir soif et faim !

— Un peu, oui, Madame !

Béatrix se retourna en prenant la main de Marie pour l'entrainer dans la grande salle.

— Madame ?

— Oui, Marie ?

Elle ouvrit une sacoche qu'elle portait en bandoulière et tendit une pile de feuilles de parchemin à la Baronne.

— Les documents que vous aviez demandés, Madame.

— Merci, Marie, je vais regarder si tout y est pendant que vous vous rassasiez.

Elles passèrent les portes de la grande salle, presque déserte à cette heure-là.

— Erika, tu sais comment faire venir une servante sans ameuter toute la ville ?

Erika éclata de rire.

— Marie est à coté de vous, Madame, ce n'est pas la peine de crier pour qu'elle vienne.

— Je ne pensais pas à Marie.

— Ah ! Et à qui donc, Madame ?

— Tu connais Sigrid ?

— Oui, Madame, elle servait ma Jarld avec moi avant que je ne sois à votre service.

— Et bien, elle la sert toujours et ponctuellement, elle me sert pendant mon séjour, alors c'était à elle que je pensais.

— Je vais voir si je la trouve, Madame, cela ne sert à rien d'affoler tout le monde en l'appelant.

— Alors vas-y.

Les deux cavaliers qui avaient accompagnés Marie et Erika entrèrent à leur tour dans la grande salle.

— Il y a du vin, de la bière dans les tonneaux près du mur, servez-vous et cela ne devrait pas prendre trop longtemps avant que l'on ne vous apporte de quoi vous rassasier.

— Merci, Madame.

Béatrix se retourna vers Marie.

— Et toi, comment vas-tu ?

— Bien, Madame.

— Et quelles nouvelles m'apportes-tu du Domaine ? Tout se passe bien ?

— Oui, Madame… Aubin est passé quelques jours après votre départ.

— Et sa visite t-a-elle été utile ?

— Utile, je ne sais pas, Madame. Disons instructive, mais je n'ai pas compris pourquoi il faisait cela.

— Qu'a-t-il fait ?

— Je ne sais pas trop l'expliquer, Madame, c'est comme s'il voulait que j'arrête d'être soumise pour devenir Maîtresse, du moins c'est le sentiment que j'en ai eu.

— Et comment l'as-tu vécu ?

— Je n'ai pas aimé, Madame, c'était un peu comme si je vous trahissais.

— Et tu lui as dit ?

— Oh non, Madame !

— Tu aurais peut-être dû ?

— Peut-être… Enfin il est parti le jour où votre message pour la recherche des documents est arrivé.

— Il est au courant pour les documents ?

— Je ne pense pas, Madame.

— Bien, maintenant que tu es là, profites en, repose-toi, bois, mange… Et nous profiterons ensuite. Il faut que je regarde toutes ces pages pour être certaine que tout y est.

— Oui, Maîtresse.

— Humm, Marie… Tu sais que ça m'a manqué.

— Moi aussi, M… adame.

Marie corrigea le « Maîtresse » qu'elle avait voulu dire en voyant un des cavaliers du Domaine approcher.

— Madame ?

— Oui ?

— Excusez-moi de vous déranger, mais savez-vous où logent les hommes qui vous ont accompagnés ?

— Exactement tu me déranges et je ne sais pas.

— Je vais attendre alors.

— Attendre oui, mais à l'autre bout de la salle.

— Bien, Madame.

Le cavalier repartit et s'assit à l'autre bout de la grande salle.

Béatrix étala devant elle les pages des manuscrits.
Elle regarda Marie.

— Tu sais ce qu'ils contiennent ?
— Pas le moins du monde, Madame.
— L'histoire de Roland.
— Tout le monde la connait son histoire, Madame, il n'y a pas besoin de la chercher dans des parchemins.
— Marie….
— J'ai encore dit une bêtise, Madame ?

Béatrix faillit éclater de rire mais se retint et lança un grand sourire à Marie.

— Tu ne changeras pas… Et surtout ne changes pas, restes comme tu es.
— Donc j'ai encore dit une bêtise ?
— Oui et non. L'histoire de Roland que tout le monde connait est l'histoire que l'on a voulue nous faire croire. Sa véritable histoire est dans ces documents.
— Roland n'est pas Roland ?
— En quelques sortes… Disons que l'homme que nous connaissons n'a pas changé, il s'est forgé au fil des années et ne changera pas.
— Alors qu'est-ce qui n'est pas correct dans son histoire ?
— Laisse-moi te montrer et tu comprendras.

La Baronne se pencha de nouveau sur les parchemins, lisant et relisant pour être certaine de ne pas oublier un mot ou de ne pas mal interpréter un passage.

— Tout est bon c'est écrit noir sur blanc.

— Quoi, Madame ?

— Comment quoi ? Roland n'est pas ce qu'il pensait être !.

— Madame ?

— Oui, Marie ?

— Je ne comprends rien à ce que vous me dites.

— Oh Marie ! Mais suis donc un peu !

— J'aimerais, Madame, mais il me manque beaucoup de pièces au puzzle.

— Pfffff, tu ne fais pas d'effort.

— Oh, Madame !

Béatrix éclata de rire

— Tu m'as vraiment manquée.

— Vous aussi, Madame.

— Et pour en revenir à Roland, c'est écrit noir sur blanc dans ces parchemins que son père n'est pas inconnu.

La Baronne expliqua à Marie l'histoire de Roland, de son père, de son assassinat et de l'exil de sa mère.

— Donc si j'ai bien suivi, Roland aurait les… mêmes droits que Gunnveig au sein de leur société ?

— Tu as tout à fait raison.

— Mais pourquoi vous soucier de Roland maintenant et pas avant ni plus tard ?

— Roland est le père d'Hallveig.

— La fille de Gunnveig !?

— Tout à fait.

— Vous en êtes certaine ?

— Marie…. Oui…. Tu es la troisième personne qui me le demande en moins d'une semaine, alors oui, une fois pour toute, j'en suis certaine.

— J'espère que vous ne vous trompez pas, Madame.

— C'est impossible.

Béatrix expliqua à Marie pourquoi et comment Roland était le père d'Hallveig.

— Ce n'est qu'une tache de naissance, Madame.

— Et tu en as beaucoup de taches de naissances qui se ressemblent après que la mère se soit faite fécondée par un illustre inconnu ?

— Ce n'est pas ce que je voulais dire, Madame.

— Et que voulais-tu dire alors ?

— Que vous allez faire accepter Roland sur une simple tache de naissance.

— Et sur le fait que Gunnveig le reconnaisse, Roland aussi.

— Vous pensez que cela sera suffisant pour lui ?

— Cela ne suffirait pas si je n'avais pas ces documents en ma possession qui prouvent de la véritable origine de Roland.

— Les documents que je vous ai rapportés ?

— Oui, et ce sont les bons, oui, Marie.

— C'est ce que vous avez demandé, Maîtresse.

— Hummmm, Marie…

— Oui, Maîtresse ?

— Tu m'as manquée !

— Vous aussi, Maîtresse.

— Nous aurons le temps de nous retrouver dans quelques temps, pour l'instant, il faut que cette preuve soit montrée à Roland et au peuple de Gunnveig.

— Oui, Maîtresse. Et une fois que cela serait fait…

— Nous pourrons parler de toi.

— De moi, Maîtresse ?

Béatrix n'eut pas le temps d'expliquer ce qu'elle souhaitait à Marie. Les portes de la grande salle s'ouvrirent, laissant apparaitre Gunnveig, Roland ainsi qu'Erika et Sigrid.

Tous les quatre s'approchèrent de la table où s'était installée la Baronne.

— Alors ? Tu as trouvé quelque chose ?

Gunnveig lui lançait un regard interrogateur.

— Tout est écrit là, aussi clair que l'eau qui coule des montagnes. J'ai relu plusieurs fois, et il n'y a aucune erreur possible.

— Donc je vais pouvoir annoncer que Roland est le père de ma fille.

— Oui, tu vas pouvoir… Et tu vas pouvoir aussi demander à Lorens s'il veut m'accompagner et prendre les responsabilités de Roland.

— Il n'y aura pas de problème pour cela.

— J'en suis ravie.

— Quand tu rentreras…

— Oui ?

— Tu remercieras Margaux pour moi.

— Pour ?

Gunnveig ne prit pas le temps de répondre et embrassa Erika.

— Pour lui avoir permis de venir me voir et de passer quelques temps auprès de moi.

— Je ne vais pas la remercier, car si elle ne l'avait pas fait, je lui en aurai voulu…

Roland s'avança un peu plus vers la table et observa les documents qui y étaient posés.

— C'est l'histoire de ma famille, Madame ?

— Oui, c'est ton histoire.

— Et est-il écrit le nom de l'assassin de mon père ?

— Non, Roland, malheureusement, ce n'est pas écrit noir sur blanc, mais comme je te l'ai dit, si tu me fais confiance, nous vengerons la mort de ton père ainsi que celle du père de Gunnveig.

— Je vous fais confiance, Madame, comme je l'ai toujours fait.

Quels sont les plans de Béatrix ?
Qu'a-t-elle imaginé pour Gunnveig et Roland ?
Que va devenir Hallveig ?

Ce n'est sans doute pas le plus préoccupant pour l'instant.

Ce qui l'est certainement beaucoup plus, c'est ce que Trygveson a bien voulu donner comme information à la Baronne, car une grande partie des plans de Béatrix se sont effondrées avec ces informations et elle doit rebondir le plus rapidement possible.

Aubin l'aurait-il trahi ? Pourquoi n'est-il toujours pas arrivé ?
Quel est l'avenir de Marie ?
Sans oublier ceux de Margaux et Morgane ?

Les réponses à vos questions se trouveront certainement dans la suite des aventures de Béatrix.

Dans l'ordre d'apparition :

Béatrix, **la Baronne**, c'est elle qui a donné vie à cette série. Femme de tête qui sait ce qu'elle veut et ne se laisse dicter sa conduite que si elle y trouve un quelconque avantage. Elle sait profiter des plaisirs de la chair et ne s'en prive pas.

Gunnveig, **la Jarld**, jouant un simple rôle d'hôtesse lors du début de la série, elle prendra une part importante par la suite.

Margaux, présentée comme une fidèle servante de la Baronne, nous apprendrons au fil des lignes que celle-ci la considère comme sa fille. Elle aura un rôle à jouer dans la suite des aventures.

Roland, le garde du corps et fidèle de Béatrix, il va voir son avenir bouleversé grâce aux idées de la Baronne.

Le suzerain, du début des aventures à la fin, il ne portera pas de prénom. Protecteur de la Baronne, celle-ci se joue de lui comme elle le veut.

Alfrid et **Gerold**, gardes particuliers de la Baronne, ils sont présents tout au long des aventures de Béatrix et font quelques apparitions au bon vouloir de la Baronne.

Marie, fidèle servante de Béatrix, au fil des lignes, elle aura un tout autre rôle.

Erika, servante de Gunnveig, celle-ci décide de suivre la Baronne et de vivre avec elle. Elle deviendra la fidèle servante de Margaux.

Clotaire, l'artisan et inventeur attitré de la Baronne. Il sait tout confectionner malgré son caractère de cochon et sa soif de l'or, il ne peut rien refuser à Béatrix.

Aubin, le vieil ami et l'ancien amant de Béatrix.

Morgane, la fille disparue de Béatrix. Elle revient après seize ans d'absence et bouleverse quelque peu l'équilibre que la Baronne avait réussi à établir autour d'elle.

Eléanor, la confidente et préceptrice de la fille de Béatrix.

Thybalt, l'intendant de la Baronne. Il gère le domaine et malgré son apparence avare, sait où donner lorsqu'il le faut.

Isaure, la servante de Morgane, offerte par la Baronne.

Guenièvre, **Héloïse**, **Aude** et **Blanche** : quatre villageoises, soumises et préférées de la Baronne parmi les femmes qu'elle utilise et éduque dans les villages de son domaine.

Amaury, le garçon chassé de sa patrie par les hordes barbares que Béatrix prend sous sa protection.

Brynja, la serveuse de l'auberge où s'arrête la Baronne lors de son voyage la conduisant vers la Jarld et qui quitte l'auberge pour suivre Béatrix.

Lothar et **Aloy**, les deux gardes du corps lors de l'escapade de la Baronne à la recherche de cet inconnu qui la « surveille ».

Trygveson : le veilleur.

Hallveig : la fille de Gunnveig et de Roland.

Anja : la nourrice d'Hallveig.

Lorens : le nouveau général de l'armée de Béatrix, venu du Nord après son voyage.

Sigrid : une des servantes de Gunnveig.

Du même auteur :

Une soirée particulière (Vices&Délices – Tome 1)

L'auberge du trou du Diable (Vices&Délices – Tome 2)

Tranches de Vi(c)es (Vices&Délices – Tome 3)

Un Duel pour Valentine

Les Mille et une nuits

Héritages (La Baronne – Tome 2)

Éducations (La Baronne – Tome 3)

Évolutions (La Baronne – Tome 4)

Hivers (La Baronne – Tome 5)

Publié par Ethen Editions

Festivités d'été (La Baronne – Tome 1)

Publiés par Evidence Editions

Détachez-moi

Intemporel (Quelques gouttes dans la neige)

Voyeurisme 2019 (Un vendredi au milieu des voyeurs)

Indécence 2018 (Évolution)

Printed in Great Britain
by Amazon